TRANSIT-EXPRESS

Transit-Express *est le troisième roman d'Yves Simon. Il a publié chez Grasset* Les Jours en couleurs, L'Homme arc-en-ciel *et* L'Amour dans l'âme.
Il est aussi auteur-compositeur-interprète de chansons et ses ventes de disques chez R.C.A. ont été consacrées par plusieurs disques d'or.

Il suffit d'un rien, d'une rencontre. Il suffit qu'un garçon comme tous les autres — plus perdu que d'aûtres, peut-être — échoue dans une salle d'attente un soir de vague à l'âme et en vienne à échanger avec un inconnu la clef de sa chambre contre un billet de train. Soudain libéré de ce qui l'attache au quotidien, voici Marco embarqué dans la plus étrange des aventures, en compagnie de nombreux autres « voyageurs » captivants et singuliers. Tandis que le train traverse des pays de neige et des villes lointaines, des régions dévastées, des vallons riants ou des paysages de ruine et de guerre, ce petit groupe d'errants roule vers son destin. Tragique pour Douchan, le réfugié toujours en fuite ou pour la petite Natch, qu'entraînent les fantasmes d'un amour impossible, nostalgique pour ceux qui vont le dos à la marche du train, tournés vers leurs souvenirs, riche de songes pour ceux qui ont beaucoup aimé, telle Roda, qui en sait long sur la passion, le sort se faufile, d'un wagon à l'autre. Et sur ce monde ferroviaire, insolite, varié, pittoresque, règne Melchior, le contrôleur, qui note les départs, les arrivants, comptable méticuleux de cette randonnée sans but ni fin, à moins qu'un jour quelqu'un ne tire le signal d'alarme...
Belle fable aux prolongements secrets, belle idée surtout, *Transit-Express,* on l'aura deviné, est une allégorie où chacun aura le sentiment de reconnaître un peu son propre voyage à travers le temps. Notre temps. Nul ne sait à quelle gare il descendra, ni pourquoi il est monté à telle station plutôt qu'à une autre. On est sur les rails, et voilà tout, dans la course d'un train fou. Qui pourrait nous en dire davantage sur sa destination ?

Paru dans Le Livre de Poche :

L'HOMME ARC-EN-CIEL.
L'AMOUR DANS L'ÂME.
OCÉANS.

YVES SIMON

Transit-Express

ROMAN

GRASSET

à Clo

« Une fois que l'homme apprend à voir, il se découvre seul dans le monde avec rien d'autre que sa folie. »

Don Juan, sorcier yaqui.
(in *Voir* de Carlos Castaneda)

« ...il est aussi difficile de vivre comme il est difficile de mourir. »

Dernière lettre de Gérard Grandmontagne, 25 ans, qui s'est pendu à la prison de Fresnes en septembre 1972.

58 p. 100 des Français ne lisent pas de livres, 87 p. 100 des Français ne vont pas au théâtre.

(Chiffres communiqués par le ministère de la Culture et publiés par *Le Monde* du 29 mai 1973.)

et puis les histoires ne commencent jamais, elles sont partout en train de se laisser cajoler, de se faire battre ou de fuir, les histoires naviguent dans les cerveaux, dans les couloirs de correspondance ou dans la main qui s'arrête un instant de prendre et qui caresse, elles s'inventent, se rêvent et se défont au même titre que les grues de meccano ou les dragons en pâte à modeler.

Elles sont en images, lettres, musiques, se bousculent au milieu des voitures et des ondes de radio, prennent des élans, s'amplifient, se racontent, se déforment et renaissent des jours de hasard sur des graffitis dessinés à toute vitesse sur une publicité de métro, dans un effet Larsen assourdissant lorsqu'un micro s'éprend d'un haut-parleur.

Elles s'infiltrent dans les relais téléphoniques et dans les caisses de guitares Gibson pour se répandre dans toutes les ruelles malfamées de la planète. Elles voyagent à l'œil dans les caisses de havanes ou les transats de 1re classe, bronzent à Rio, crèvent à Bombay et éclatent un soir de mistral sur les cailloux blancs du mont Ventoux.

Vieilles histoires oubliées, cachées, enfouies dans les hélices microscopiques d'un acide aminé, histoires d'hommes et de cavernes qui transmettent la peau, la couleur des yeux et la peur du feu, cellules noires, blanches, rouges et jaunes qui racontent les continents, histoires des ventres de femmes qui racontent la vie passée dans les océans, algues, poissons, méduses et orchidées, elles sont imprimées sur chaque sourire, chaque regard, chaque pétale qui s'ouvre un soir, un matin sous une lumière solaire. Eléments mnémoniques en éternel voyage, elles incrustent les globules et les rétines et rappellent à chaque instant, l'instinct de vie, de marche et de plaisir.

Sur un pont de Brooklyn, il y eut un jour une voiture qui écrasa l'homme qui revenait dans son pays. Le cerveau éclata contre un filin d'acier et des siècles de souvenirs tombèrent dans la mer. Au même instant, à 1500 kilomètres de là, naissait un enfant dans un faubourg de Vientiane avec ses milliards de cellules où étaient imprimés tous les messages de l'histoire des temps, la fuite et le froid, le cri et la douleur, l'égoïsme aussi.

Les goudrons des nationales sont couverts des débris de voyages, les mers deviennent des poubelles, sur les autoroutes s'impriment les clarks des auto-stoppeurs, partout, sur chaque parcelle de cette planète-ci, s'inscrit un message de mutation, une histoire de transfert.

Il était une fois un pneu Kléber-Colombes qui laissa deux milligrammes de caoutchouc à l'embranchement du périphérique nord de l'autoroute A1.

« Il y avait une petite fois pendant la canicule un type qui était assis devant une fenêtre ouverte. »

Il y aura une autre fois une caisse de bananes vide qui sera jetée depuis le pont du *Malaga,* quelques secondes après avoir quitté la baie d'Algésiras.

Elles sont là partout, tout autour comme les réseaux compliqués des fils de soie; il faut alors les agripper, les retenir prisonnières afin qu'elles ne partent pas vers des planètes inconnues, changent de galaxie avec leur cargaison de signes, d'odeurs, et de rencontres. Il faut prendre les carbones, les machines, les appareils-photos, les magnétoscopes, tout ce qui sert à imprimer, à mémoriser et se lancer dans la grande folie du mot, de l'image et du son. Il faut capter les messages. Le monde est plein de ces phrases et de ces lettres qui s'enfuient, projetées comme des obus pour se rendre au-delà des couloirs aériens. Nous devons nous armer, mettre en batterie des projecteurs, et piéger toutes les inventions, trouvailles, frissons qui partent de cet endroit de vie où nous marchons.

Il faudrait, un matin, distribuer les pièges à histoires. Que chacun puisse défoncer les parois de verre qui enferment son cerveau et racler avec les ongles les mots collés sur les petits bouts de chair blanche. Des mots qui sont partout, sous le derme, dans le cytoplasme de chaque cellule, qui n'éclatent que contraints et traqués. Il faut donc apprendre les ruses de la chasse à la syllabe et s'inventer des mitrailleuses capables de perforer les noyaux cellulaires, ou alors des chimies nouvelles pouvant réduire ou isoler les fleuves d'histoires qui traversent les corps. Car il est bien certain que la mémoire n'est rien, pas cette petite boîte noire comme il s'en trouve à l'intérieur des avions transporteurs et qui enregistrent tout dans leurs cellules-transistors. Le corps entier est mémoire, chaque éjaculation, chaque pluie, chaque double bang d'avion à réaction, chaque solitude le transforme et c'est lui qui devient histoire nouvelle. Les souvenirs n'étant alors que la pensée du corps ancien. Il fallait donc écouter parler sa peau, toutes les microcellules de son cerveau, alors seulement chacun raconterait et crèverait la bille d'acier dans laquelle les dieux du langage l'ont enfermé. Il prendrait les adjectifs et les noms et apprendrait à solfier cette nouvelle musique de la parole. Il inventerait ses phrases, ses grognements, ses cris, ses onomatopées et laisserait les professeurs rabâcher leurs grammaires périmées, les syntaxes de la préhistoire, et ce serait au milieu de la nuit, des grands envols de mots-éclairs qui zigzagueraient dans le ciel.

Vous souvenez-vous? C'était avant-hier, il y avait partout dans les champs des tanks et des soldats, et dans le ciel des avions noirs planaient au-dessus des petites forêts. Mon père traînait le soir le long des voies ferrées, puis grimpait sur les trains ennemis en mouvement et déchargeait des caisses d'oranges et de tomates qu'il balançait dans les talus. Quand il fut surpris, il eut beau dire bambino, baby, loupiot, un an, faim, miam-miam, vitamines, l'Allemand n'écoutait pas, ne voulait pas m'imaginer et l'histoire de mon père se termina près du viaduc avec une méchante balle de bruit dans la tête.

Histoires de folies, trains perdus, je suis partout avec ma machine magique à 52 boutons, ma « Brother Deluxe 1350 » au nom de locomotive électrique, avec ses 90 signes différents pouvant piéger l'infini. Tout est possible avec ces petites touches blanches en plastique où sont gravés, en noir d'ébène, les signes de mon code habituel. Je peux inscrire les noms étrangers, inventer des périodes de lettres tout à fait nouvelles et insolites, taper au hasard des doigts, hasard du cerveau, utiliser des lignes entières la touche capitaliste avec son $ et son £, parler de ma vie d'aujourd'hui, de la chanson enregistrée hier matin au studio Davout avec Claude Engel à la guitare triste, une sorte de ballade comme pouvait en écrire Woodie Guthrie avec sa guitare à tuer les fascistes, décrire ma chambre et les grues d'en face qui construisent les dortoirs, parler de Clo amour d'aujourd'hui, dessiner une femme avec des x et des z, des o pour les yeux, des & pour les cheveux, des % pour les seins, je peux gémir, rire, hurler, parler du trac, raconter le laid et le sublime, tous les trucs de la solitude, la désespérance, l'espoir, Dieu, l'Amérique, le tabac Voortrekker du père Theodorus Niemeyer de Groningen, les trucages d'enregistrement, dolby, moog synthetiser, les frères Hervé qui jouent la musique comme des magiciens, parler de Bob la Soquette, Lou Reed, Bulteau, Messagier, Dequéant, Françoise, Shawn Phillips, Das, Ginsberg, Ken du New Jersey, Sandra, Abdou, J.M.G.L.C., la Buse, Juliet Berto, Gilbert Grenier, Charlebois, Rodha le petit sorcier malade, Matthieu, Jouffa, Ciboulette, Griffon, Bergamote, Caf, Albert Cohen, Scott et Zelda, Bob Zimmermann, Yves le Sud, Varésano, Patrick Rambaud, Jean-François la Bise, Bernard le patron, Sire le triste, Etève, Mollet Vénal, Ernest-Pignon-Ernest, Le Duc, Olivier-O-Olivier, Bison Ravi, Zeimert de dieu, Olaf Brenner, Jack-Croc-Blanc, Polnarêve, Martin Eden, Jacques Kroac, Mireille D, Alain Henry, J.C.B., Yves Philippe, Modiano, Léo le Chien, Matignon, Jo de Gibraltar, Jacques Declaude, J. Caillard, Arthur, Dan, Dominique, Pierre, Jacqueline, Nathalie, Christian, Clesca, Rousseau, Bertrand Van, Ernst et Rik d'Amsterdam, Nrugal, Gérard, et toutes les autres petites lucioles rencontrées sur des itinéraires de mélancolie.

PARLER
RACONTER
IMAGINER

L'idéal serait alors de devenir entièrement transparent, et voir apparaître sur le rouge des artères, sur le bleu des veines toutes les bribes, les lettres, la dérision, le rire, le capharnaüm grandiose des accouplements, les images-flashs, souvenirs-accordéons de tous les bruissements et débuts de rêves éparpillés.

Fermer les yeux un centième de seconde et, dans un jaillissement-volcan, pouvoir extirper du fond des oublis, du dernier recoin de monde où se cache la mesquinerie, la beauté et l'ombre vraie. Une histoire alors commencerait.

Elle pourrait faire semblant de démarrer dans un taxi, dans un pub, devant une table où sont posés un kir et une grenadine, sur le chemin allant de la fac au resto universitaire, dans la salle d'attente d'une gare, dans le lit d'une femme blonde qui aurait des seins très fermes. Tout serait là, à fleur de peau, et il n'y aurait plus alors qu'à se laisser aller à la violence d'écriture.

PREMIÈRE PARTIE

MIC, JAPHIE, MARCO, VILLE, NUIT

J'avais laissé la clef sous le paillasson pour que ma mère puisse entrer chez moi. Elle avait apporté un bouquet d'anémones et avait lavé la vaisselle, balayé la cuisine et mis du détartrant dans la cuvette des W.-C. Avant de repartir, quelques mots écrits au feutre sur une page orange d'un de mes carnets :

Pense au disque que je t'ai demandé pour « Hélène », dédicacé si tu veux bien. Gâteau et mandarines à manger sur la table. p. le petit déjeuner. bibises.

C'était un jour de 73.

Il y avait ce type de la manufacture qui s'appelait Japhie et qui prenait des cafés-rhums tous les matins à sept heures et demie au café-tabac le Pacific. Un trench-coat ou des fois, un complet en flanelle bleue, sans doute pour marquer les jours de rencontre avec un patron ou un inspecteur en visite dans les ateliers.

Marco, un autre type qui travaillait à l'agence de la rue des Petits-Pavés, prenait, lui, des grands crèmes avec beaucoup de mousse et tapait régulièrement, dans la corbeille chromée, quatre croissants qu'il avalait en regardant les bouteilles du comptoir.

Ce n'était pas un hasard si Japhie et Marco se rencontraient tous les matins au Pacific. Mic, une jeune femme qui sentait parfois un parfum de violette, avait été le trait d'union entre ces deux électrons de ville qui déjà s'étaient frôlés sur des trottoirs mais n'avaient vraiment jamais discuté du monde, accoudés sur un comptoir de cuivre.

Mic avait habité huit mois dans un garni avec Japhie, au-dessus du cinéma Rex. Tous les soirs, la cour intérieure leur avait amplifié des musiques de drames, de poursuites, de comédies. Ils s'étaient aimés pendant qu'Humphrey Bogart embrassait Laureen Bacall. Ils avaient sursauté aux rafales de la prohibition.

Mic avait quitté Japhie à cause des boutons de manchettes en nacre qu'elle lui avait achetés pour sa fête et qu'il avait aussitôt balancés dans la rue pour lui faire de la peine. Cette nuit-là, elle avait couché à l'hôtel des Deux-Hémisphères, dans une chambre au papier vert, et s'était réveillée plusieurs fois pour penser à Japhie qu'elle imaginait allongé, en train d'allumer gitane sur gitane.

Le lendemain, elle avait été prendre son déjeuner au Pacific comme les autres matins. Japhie ne vint pas et c'est là qu'elle rencontra Marco. Il était venu s'asseoir près d'elle après avoir mis dans le juke-boxe *Immigration man,* une chanson qu'elle adorait justement à cette époque.

En la voyant accompagner le rythme avec sa petite cuiller, il lui dit :

« Vous aimez la musique? »

Mic répondit que oui, et qu'en plus elle aimait danser. Marco demanda si elle fréquentait le Caméo-Palladium. Elle bluffa en affirmant qu'elle y allait pratiquement tous les samedis soir avec son fiancé. Là, Marco marqua un temps d'arrêt, puis aussitôt se souvint que toutes les filles parlaient d'un fiancé, mais que ça n'avait aucune importance. Il dit :

« Je peux m'asseoir? »

Il désigna la place en face de Mic et comme elle sourit, il s'installa en prenant bien garde que tous ses gestes paraissent naturels.

Pendant qu'ils étaient en conversation et que Mic parfois éclatait de rire, Japhie entra. Il alla directement vers le comptoir. Le garçon aussitôt lui adressa un signe de menton pour désigner Mic et Marco, puis descendit la bouteille de rhum.

Japhie, sans bouger la tête, tourna les yeux, puis fixa à nouveau le garçon et lui dit :

« Toi, tu t'occupes de tes bouteilles, le reste c'est mon affaire ! »

Puis après avoir versé son rhum dans son café express, il but la tasse d'un trait, en fermant les yeux et sortit.

Vers huit heures du soir, Mic frappa à la porte du garni et Japhie ouvrit. Sans rien dire, elle alla droit à l'armoire, puis vers la salle d'eau. Elle bourra ses affaires dans le sac en plastique qu'elle avait roulé sous son bras. Japhie lui demanda si le type de ce matin l'attendait. Elle répondit que oui. Avant de quitter définitivement la chambre, Mic eut un serrement dans tout le corps. Elle avala sa salive et Japhie lui dit, comme pour introduire un dérivé à la fois brusque et amical :

« Demain matin au Pacific ! »

En fait, cette nuit-là, Mic ne coucha pas chez Marco.

Après le restaurant, ils marchèrent jusqu'à la place d'Armes puis entrèrent prendre quelque chose de chaud au Commerce. Marco lui tenait la main pendant qu'elle regardait la décoration 1900 du café. Un va-et-vient douillet les enrobait, et c'était déjà comme un refuge où ils pouvaient se laisser aller aux regards, aux effleurements.

Ils s'embrassèrent pour la première fois sous les arcades des notaires, puis ensuite devant le Prisunic. Marco accompagna Mic devant la porte vitrée de l'hôtel des Deux-Hémisphères. Au bout du couloir, on pouvait voir le veilleur de nuit. Mic dit à Marco :

« Il est royaliste. Hier soir, il m'a dit que le suffrage universel c'était une merde et qu'il faudrait bien réinstaller une monarchie. Qu'est-ce que tu en penses toi ?

– J'm'en fous. Moi, je voudrais ne jamais rien avoir à regretter. »

Marco serra Mic dans ses bras et d'une manière un peu brutale, il lui dit :

« A demain au Pacific ! »

Et s'en alla sur le boulevard.

Mic, pour la première fois de sa vie, avait deux rendez-vous pour le lendemain matin. « By Jove », pensa-t-elle, car elle lisait parfois des bandes dessinées.

Après plusieurs de ces rendez-vous au Pacific, Mic vint parfois habiter avec Marco tout en gardant sa chambre à l'hôtel des Deux-Hémis. Certaines nuits, ils faisaient l'amour, puis elle se rhabillait et partait dans la nuit, d'autres fois, elle restait près de Marco et ils parlaient dans le noir en essayant d'aller jusqu'au bout de leurs fragilités.

Il y avait autour d'eux des oiseaux de nuit qui auraient voulu percer leurs peaux à coups de bec. Pèlerines. Sommations. Ils restaient enfermés dans des mandalas transparentes et découvraient l'autre.

Découvrir un regard, une langue, odeurs d'aisselles, une peau et des chuchotements. Mic et Marco n'écoutaient plus rien du monde.

Les oiseaux repartaient avec des goûts de sang au bout des griffes.

Il y avait au loin les bruits de guerre et d'accidents, mais aucune violence ne parvenait à s'infiltrer dans les interstices des fenêtres ou les conduits d'aération. Livres, lit, draps mouillés, salle de bain. Petits itinéraires de l'amour, il fallait tuer le temps à coups de doses-pénétrations. A cette seconde précise, je t'aime Mic, et puis ne rien dire du tout à cause des interprétations, serrer dans les bras, embrasser, fuir les mots qui gravent des éternités dans la peau et continuer le jeu des regards.

La sueur cavale en petits ruisseaux sur des traversins enfoncés. Dehors, la pluie, dehors la neige, dehors les mouvements, dehors les explosions, dehors les cerveaux déchiquetés. Dans le studio barbelé, des bras se tendent. Chansons, ou souvenirs de chansons qui arrivent sur le bord des lèvres, près du Pinocchio laqué posé sur une étagère en bois, Marco recherche des paroles, ferme les yeux, fait des efforts, c'était :

Tous les hommes que tu as connus
Te disaient qu'ils ne voulaient plus
Donner les cartes, pris comme dans un piège
C'est dur de retenir la main d'un homme
Qui cherche plus loin
Qui veut le ciel pour se livrer.

Rires, serviettes-éponges, baisers, les jambes repoussent les couvertures, après les râles-jouissances. Il préparait avec soin des cafés au lait. Bols de poterie, jaunes, à deux oreilles, café do Brazil et longues dégustations, assis sur la moquette bleu pétrole en écoutant des guitares, des bongos sortis des haut-parleurs stéréos.

Mic feuilletait des livres. Hasard des pages trouvées, couvertures, débuts de chapitres, livres de poches, tranches dorées.

> Trois mouettes tournent au-dessus des caisses brisées, des peaux d'orange, des trognons de choux pourris qui flottent entre les palissades disjointes. Les lames vertes écument sous la proue arrondie du bac.

Dans le tunnel en bois de l'appontement
où règne une odeur de fumier...

La radio obstinément éteinte ne déversait aucune de ses digestions de salle de rédaction, et les chansons-merdes-si-tu-savais-combien-je-t'aime restaient coincées dans leur médiocrité et s'écrasaient dans des caniveaux-transistors.

je t'aime Marco
je t'aime Mic

Lèvres, doigts, souffle. Mic marchait nue, ses seins se balançaient doucement, bercés parfois par les chaussures à grosses semelles de bois. Puis s'allongeait sur le dessus-de-lit marocain et partageait une cigarette avec Marco. Sonnerie de téléphone, un ami, ouais, ça va, c'est ça demain matin. Baisers. C'étaient ces nuits-là que Mic inscrivait avec un + sur une sorte de grand carnet qu'elle trimbalait dans des recoins de cerveau.

Marco pouvait avoir entre vingt-huit et trente-deux ans. Age d'homme ou d'adolescent à regrets. Marco-Nuit, Marco-Sédentaire, il pouvait avoir des noms de famille à l'infini pour se désigner. Et il habitait une grande ville sale de l'ennui de ses habitants, belle des rêves gigantesques qui éclataient en petites bulles sous les balcons de bois ou les ponts suspendus.

C'était un type parmi d'autres et qui n'avait que cette seule particularité, multipliée pourtant à des milliards d'exemplaires, être unique. Il le savait. Tous les autres étaient des ombres, des bruits, des rencontres, des étincelles d'yeux lançant leurs hurlements de sirènes.

Imaginez-le. Une figure pâle avec des yeux foncés qui semblaient carrément plantés là comme des clous brillants pour maintenir un masque de peau sur une boîte à création. Des yeux d'homme qui regardaient les visages et les voitures d'aujourd'hui.

Si on avait l'occasion de le suivre, certains jours, il rentrait le matin, après sa visite au Pacific, dans un immeuble ravalé de la rue des Martyrs, et montait à pied au troisième étage. Traversait une suite de bureaux où se serraient dossiers, classeurs et fichiers. Il saluait, ou gardait la tête engoncée dans son col de pardessus.

D'autres jours, il disparaissait et on pouvait le retrouver dans un hôtel de la ville, allongé sur un lit grinçant, en train de fumer des brunes, les yeux vers le plafond. Il ne se levait pas. Il essayait d'inventer des films de futur et choisissait arbitrairement un âge : quarante-deux ans, et se regardait vivre dans une autre ville avec des rues nouvelles dont il savait tout, des visages devenus familiers et des habitudes d'homme de quarante-deux ans. Il savait très bien inventer son visage ridé, fatigué, ses cheveux clairsemés. Il savait parfois inventer son malheur.

Marco rencontrait des hommes, des femmes et était partagé entre le désir d'être un autre, ailleurs, ou de rester dans cette ville à la recherche de sa propre identité. Arpenter les trottoirs et parfois s'arrêter devant une glace de boulanger, et se regarder avec ce décor de rues et de maisons autour.

Il ne savait pas ce que signifiait partir. Tous ses départs avaient été des divagations fabuleuses bloquées sous des racines de cheveux.

Parfois avec Mic, il marchait le long du canal et regardait passer les péniches chargées de coke ou de barres d'acier. Il essayait de savoir quels visages auraient tous ceux qui déchargeraient cela, dans un port quelconque, à l'autre bout de l'eau. Des gueules de marins irlandais avec des pantalons en gros drap clair, des vestes en velours et des casquettes en laine marron et beige. Imaginer. Marco savait ce que cela signifiait, parfois, il lui arrivait d'aller au-delà de ses pensées, de bousculer les mots appris et de sentir sa tête vibrer aux secousses d'images nouvelles.

Un soir en sortant du cinéma, Mic lui dit :

« Je voudrais vivre avec toi. »

Marco répondit :

« C'est quoi vivre avec moi ?

– C'est être tous les jours, toutes les nuits avec toi, sentir ta tendresse, ton corps, tes angoisses. »

Marco continua de regarder droit devant lui, les gens pressés, les couleurs de trottoirs et n'arriva pas à formuler de réponse. Mic pensait qu'il là détestait. Marco voulait lui dire qu'il l'aimait, à cette petite seconde, mais il avait peur avec cette phrase d'engager son avenir et de s'installer sur des rails presque droits et tout à fait rigides pour voyager sa vie avec Mic. Il ne dit rien. Ni serrement de mains, ni regard.

Et ils continuèrent de marcher ensemble avec un malentendu de plus.

Tout autour, des couples rentraient chez eux et commentaient le film. Retour. Maison. Lit. Ressort du réveil. Nuit. Sonnerie. Lever. Café. Travail. Journal. Auto. TV. Bonsoir. Nuit. Cauchemars.

Marco accompagna Mic jusqu'à l'hôtel des Deux-Hémisphères, puis l'embrassa dans les cheveux. Elle attendait un mot. Marco fit un geste vague qui aurait pu signifier ou « au revoir » ou « rien n'est facile », et il s'en alla en relevant son col de manteau. Mic regarda cette silhouette d'homme qui partait. Puis elle vit le portier de l'hôtel qui la regardait et elle redevint Mlle Straw, la fille du 8.

Dans la rue éclairée par quelques néons attardés de marchands de chaussures, Marco tira de sa poche une cigarette brune et lança devant lui des bouffées bleues. Ailleurs. Il imaginait toutes ces routes, ces bornes de ciment rouges et blanches, aspergées de la boue des bitumes, ces relais routiers peints en vert, où se rencontraient de grosses figures rougies par le froid des matins et le vin, tous ces endroits où il n'était jamais. Marco savait depuis longtemps que la pire des choses était l'imagination. L'empêcheuse de tranquillité, c'était elle avec ses couleurs fantastiques, ses rythmes d'ailleurs avec connections inattendues, rencontres, éblouissements.

Il eut tout à coup envie d'entendre des bruits, rires, conversations, murmures, bruits de percolateurs. Il entra dans un café aux vitres dépolies : le Relais. Un bistrot trop grand pour être un véritable endroit de confidences, mais suffisamment mal éclairé pour que quelques attardés jouent encore sur un vieux billard et se confient des amertumes d'aujourd'hui.

Marco commanda une Guiness et fit une magnifique mousse brune en la versant. Du bout de l'index, il inscrivit ses initiales dans la mousse : M A. Puis, il but lentement la bière tout en regardant les deux lettres qui s'estompaient doucement. Attardés de la nuit, refuge, le café chantait une mélodie cafardeuse.

Deux boules de billard venaient de se rencontrer quand il se leva.

Rentrer ? Les quelques rares fantômes de nuit qu'il rencontra courbaient le dos comme s'ils fuyaient ou craignaient un incident malheureux. Tout à coup, je pourrais courir, les poursuivre et qu'ils aient peur pour quelque chose. Mais ouitch ce ne sera plus jamais comme avant. Rien. Tout est fini. Si vous aviez vu seulement mon visage de vieillard avec cette barbe mal rasée et ce regard de pauvre. Vraiment je ne saurai jamais s'il vaut mieux vivre sans bruit ou dans le fracas des passions et de la tyrannie d'une personne qui vous aime. Aimer.

Aimer ou posséder. Avoir des droits sur un corps, le faire jouir, en jouir. La nuit des villes envahit chaque silhouette. Des rues, des corps, des rêves, des cris. Si seulement un fleuve pouvait brusquement tout emporter, tout ce galimatias de folies, de jalousies. Tu m'aimes ? Non. Pourquoi ? Je ne sais pas. Et merde. Quand donc finira ce jeu des questions et des réponses et que l'on pourra tout savoir sans jamais rien demander. Vous êtes belle à l'intérieur de votre cerveau, je le sais et j'ai envie de vous aimer. Mes fantasmes vous plaisent-ils ? Alors prenons ce bus ensemble et voyageons sans plus penser à rien. Les murs, la suie, les bagnoles, plus rien. Je vous ai trouvée et provisoirement je n'ai plus d'autre espoir.

Et puis, rentrer quand même. Retrouver ce lit, cette cuisine, cette moquette qui voient passer les jours et assistent à toute cette tristesse qui parfois envahit les soirs et les nuits d'insatisfaction.

Aussitôt franchie la frontière de ce monde-là, Marco s'affala sur le divan en moleskine et retira ses boots. Fumée, cigarette, ouf, sécurité, se sentir déchargé de toutes les scories, lire, yeux tournés vers l'intérieur. C'est ici que Mic venait faire l'amour. Radio, nouvelles, musique, tubes du passé, douceur rassurante des livres, disques long-playing, téléphone, armoire à habits, tableaux originaux, repros, lampe de chevet, table en pin, courrier, lettre de l'ami de Tenafly, cassettes, pochette d'allumettes marquée « Sogeti », feutres multicolores, tasses du petit déjeuner. Regarder la nuit, les toits avachis, le monde dort. Fatigue. Paquets de cigarettes brunes entamés, boîtes à cigares n° 2, pipes en écume, dictionnaire français-anglais, stylo à plume or, piles de rechange pour le transistor, cendriers.

Univers journalier où tout a un nom, chaque chose une place, tout objet une histoire. Parfums et fumées.

Marco pensa dormir. Retrouver le livre abandonné la veille et repartir dans une histoire inventée par un inconnu pour d'autres inconnus. Echanges occultes entre kiosques de gares et voyageurs pressés. Dans le lit aux draps lisses, Marco s'étira, resta quelques secondes sur le dos, prit son livre et se mit sur le côté droit, face à la lampe de chevet. Signes majuscules, minuscules, il s'amusa à lire les pages de la droite vers la gauche, puis en remontant chaque page de bas en haut. Marco joua quelques minutes puis referma son livre, le corna à la page 72 et éteignit la lampe de chevet. Noir.

Recherche du bon côté, respiration régulière, ébauches, rêves, cheval dans la prairie verte, canons, visages flous, flics, couloirs, cris, réveil. Marco se retourna, puis n'arrivant pas à se rendormir, se leva et marcha vers la fenêtre. Volet ouvert. Ville noire, pas une lumière, rien, ni lampadaires ni petite veilleuse d'appartement. Il essaya d'allumer chez lui, mais aucun déclic ne se fit. Des étoiles dans le ciel avec des traînées bleutées. Fantômes d'immeubles, oreilles de cheminées, couteaux des toits, impassabilité inquiétante des pierres. Une ville éteinte.

Plutôt que de retourner vers le lit encore tiède, Marco enfile ses vêtements, son long manteau de neige, son chapeau de western et son foulard tricoté. Il craque une allumette sortie d'une pochette réclame et se regarde dans la glace de la salle de bain.

Au clou, près de la porte d'entrée, un trousseau de petites clefs plates. Crans, rainures, arrondis, formes familières qui tintent quand la main les attrape. Clef de boîte à lettres, clef de sûreté, clef de verrou, clef d'entrée d'immeuble, clef de cave, clef de garage. Tout un petit monde d'identités ouvrant miraculeusement les remparts de propriété. Au moment de sortir, il vérifie si l'électricité n'est pas revenue, puis empoche le trousseau, hésite, tire la porte qui fait un claquement sourd. Obscurité. Néant. Sur le palier, il va directement aux escaliers et descend à tâtons les dix étages qui le séparent de cette nuit d'hiver.

Des pas résonnent sur des trottoirs morts. Bagnoles qui encadrent les rues comme des gardiens ivres, grotesques et froids. Une ville noire. Vieux journaux emportés par le vent s'aplatissant sur des pare-brise, immeubles en pierre aux volets tirés, fermés, tout dort calfeutré derrière des barreaux de tapisserie à fleurs, deux projecteurs s'avancent dans la rue de l'Espace, dégomment les faunes et nymphettes sculptées aux frontons des corniches, puis les aciers laqués des voitures. Marco se cache, accroupi derrière un kiosque à journaux, les phares à iode scrutent d'autres ombres puis s'éloignent vers d'autres avenues. Rideaux métalliques des entrepôts, néons au sommeil, des silhouettes descendent l'escalier du square, ces gens ont-ils des couteaux, revolvers, peur. Marco court, puis se plaque dans un renfoncement de porte cochère, trois ombres passent, rires, voix cassées, méditerranée, la peur s'éloigne. Marco est dans la ville noire, ville-décor des hésitations, détritus, canivaux ensablés, merdes de chiens, soufre jaune aux vitrines marbrées des bijoutiers, carottes/tabacs, klaxons endormis, chaises de bistrots sur des tables en formica, machines à café glacées, les journaux de la veille pourrissent déjà dans les caves du métro.

Silence de ville avec cette musique souterraine des mille plaintes-extases. Watts en balade vers des filaments lointains d'autres galaxies, et les clochards qui dorment coincés dans des couvertures en pur carton ne s'aperçoivent de rien, ils ronflent ou parlent à mi-voix avec la grognasse d'à côté, sont pas nombreux ce soir, doivent geler des miches et n'osent pas sortir de leurs petites boîtes à chocolats. Pour l'électricité, les cloches n'ont que des allumettes, briquets à essence, les équations de l'énergie se résument à une petite flamme tout à fait intime et personnelle qui allume un mégot, ou illumine la face ahurie d'un copain d'escalier.

Marco marche en courbant la silhouette. Peut-être serait-il plus exact d'écrire que Marco marche en courbant son être tout entier, tout ce sac de glucose-carbone-acides aminés est courbé par le froid, la lassitude et cette envie absolue de savoir ce qu'il y a au bout de l'obscurité. De cette ville qu'il ne reconnaît plus, Marco aspire les odeurs nocturnes et ne retrouve rien des vapeurs habituelles.

Sous une arcade, ses pas résonnent et il découvre pour la première fois la musique de sa marche. C'est donc vrai qu'il y a un bruit qui lui est propre, un rythme. Il court, musique accélérée. Un taxi passe avec sa lumière blanche et orange sur le dessus, une masse informe est à l'arrière, recroquevillée dans un coin, homme, femme? le bruit de la voiture s'éloigne et Marco oublie déjà la mélodie de sa marche.

Au loin, au bout de cette avenue-ci, derrière les arbres, il y a une lumière. Cette fois, ce n'est pas une voiture, c'est une vraie lumière fixe qui transperce les murs. Il quitte son trottoir et court au milieu de la chaussée. Il court. Ses chaussures claquent à nouveau le macadam, mais il n'a d'yeux que pour cette lueur apparue au bout de la nuit. Il ne reconnaît même pas en s'approchant la place de la gare, le café Pacific, là où il y a quelque temps il rencontra Mic et Japhie pour la première fois. Il fonce vers la lumière comme un hérisson prêt au combat et qui affronte d'une façon aussi dérisoire que désespérée le bolide qui va l'écraser. La salle d'attente de la gare. D'une gare. Le seul endroit de ville éclairé. Il s'arrête devant la double porte et regarde au travers d'une vitre.

Des hommes et des femmes dorment, appuyés, recroquevillés, la tête en arrière, accoudés sur des valises serrées par des ficelles, des paquets de journaux, des gourdes en bandoulière. Il devine qu'ils émigrent, qu'ils changent de village, de ville, de patrie. Qu'ils partent vers un travail, un amour ou une mort. Ça doit sentir la sueur, le savon de train et ceux qui l'aperçoivent ne le voient pas, ils sont déjà de l'autre côté des murs de cette salle, dans cet autre monde qui leur a fait quitter pour une éternité ce bout de terre dont ils connaissaient tout.

Marco hésite. Qu'y a-t-il de commun entre cette

faune en transit et lui ? Il a aussi son monde à lui, précis, familier, les jours s'emboîtent les uns dans les autres. Les journaux le renseignent, le cinéma le distrait et la télévision l'actualise. Même si l'univers se réduit aux rues d'une ville, à quelques immeubles, au café Pacific, à deux ou trois intérieurs qui lui sont familiers, Marco sait qu'il n'est pas besoin de courir la planète pour connaître l'angoisse, l'amour ou le désespoir.

Pourtant ces visages, ces yeux, ces êtres engoncés dans des manteaux de voyage, portant sur eux leurs identités, leurs photos, leurs lettres et quelques objets familiers ! Marco devine que leur périmètre itinérant se réduit à ce corps et ces quelques paquets. Tout est là, les livres lus, les récitations rabâchées, les chansons d'été, les lames Schick, les lotions après-rasage, les baisers, les aventures d'un soir, les pull-overs en shetland, les chemises molletonnées, les pointes Bic, tout se retrouve sur un banc de gare, à deux heures du matin, une nuit d'hiver. Marco ouvre les deux premiers battants de la double porte, et reste immobile dans ce sas de gare ne sachant pas encore s'il faut fuir ou avancer.

Et si à ce moment-là quelqu'un lui demandait c'est comment chez vous, il pourrait répondre, venez c'est à deux pas, vous verrez mes tableaux, mes disques, et le livre que je lis en ce moment est encore sur la table de chevet. Et il accompagnerait son questionneur d'un pas tranquille tout en imaginant les surprises possibles quand il découvrirait les mille et un objets qui font sa personnalité.

Mais devant un radiateur, un homme le regarde et, presque honteux de son hésitation, Marco pénètre dans la salle d'attente et va droit vers l'homme qui vient de retirer la valise qui lui servait d'accoudoir pour la poser à terre, sous la banquette. La place est libre, et, comme cela ressemble à une invitation, Marco s'assoit près de l'homme qui porte un chapeau identique au sien et dont la barbe n'a pas été coupée depuis plusieurs jours.

En guise de politesse, Marco a envie de lui demander, c'est comment chez vous, mais il entrevoit déjà la réponse. Tout est là, et il pourrait parler des heures et des jours pour dire son chez-lui, son sommeil, ses rêves, sa fatigue, sa musique. Il sortirait peut-être — ce n'est pas certain — une vieille photographie bistrée, un canif et un portefeuille gras, déformé, et à l'aide de ces pauvres objets raconterait sa guerre, son amour et son meurtre. Il serait intarissable et la fatigue qui assaillerait Marco par moments disparaîtrait à un mot éblouissant que l'homme prononcerait et qui les entraînerait à nouveau vers des labyrinthes fabuleux. Il n'y aurait pas de question à poser, pas d'exclamation à pousser, pas de réponse à donner. Marco serait visiteur-voyageur au pays de l'homme rencontré un soir dans une salle d'attente.

Dans ce deuxième sas de la nuit, Marco ne sait s'il faut revenir en arrière ou s'il lui faut continuer ce chemin inconnu. Mais il n'a pas le temps de revenir sur ses hésitations car son nouveau voisin lui accroche le bras et lui demande sa destination : Bruxelles, Madrid, New York, Marrakech, Berlin, Belgrade ? Non, Marco ne sait pas. Aucun de ces noms n'évoque une sensation, une couleur. Il semble figé dans son manteau-cocon et ses yeux s'agrandissent comme ceux des chats pour mieux voir la nuit. Il cherche dans les affiches colorées de la salle d'attente des évocations, des réponses, une caution à son ignorance. Que dire ? Le hasard, la nuit, la lumière de la gare, la solitude, rien de plus.

« Je ne sais pas, je suis sorti de chez moi parce que je n'arrivais pas à m'endormir. »

Marco sait très bien que ce n'est pas une réponse convenable, mais c'est la seule vraie. Il n'est pas fatigué, pourtant il a parlé en chuchotant car tout près une jeune femme dort, appuyée contre l'épaule d'un jeune homme aux cheveux noirs et bouclés. Mais peine perdue, un haut-parleur annonce que le rapide n° 10124, à destination de Dijon, Chambéry, Naples, entre en gare. Quelques corps s'étirent et se déplient pour reprendre leurs positions de voyageurs et machinalement au fond de leurs poches pour s'assurer que leurs billets sont en bonne place. Ils accrochent leurs souvenirs et leurs mini-armoires et se dirigent vers la sortie. Après avoir jeté un dernier coup d'œil à la place qu'ils viennent de quitter, ils remontent leurs cols de manteau et disparaissent. Des enfants sont transportés dans des nacelles bleues, et deux garçons, mains dans les poches, arrivent du quai avec pour tout bagage un duvet roulé dans le dos, et une musette kaki accrochée à l'épaule. Pas d'objet inutile ou de gadget à la gomme, le passé est dans la tête, le présent sous les pieds avec les kilomètres des couloirs de métro, des quais de fleuves, de gares, des planchers de bateaux et des cailloux des pistes lointaines. Ils s'installent à des places encore chaudes et la salle d'attente y retrouve son compte d'images errantes. Les arrivants remplacent les partants et les rêves à peine éclatés se résorbent pour faire place à d'autres tout neufs et encore couverts de buée et de poussière de voyage.

L'homme au chapeau sort un paquet de cigarettes étrangères et en offre une à Marco qui semble refuser puis tend la main et fait une esquisse de sourire pour remercier. Il fouille rapidement dans son manteau et sort une pochette d'allumettes qu'il se dépêche d'ouvrir. La fumée devient brouillard isolant et derrière cet œuf de fumée qui l'entoure, son corps retrouve son assurance et il ouvre son manteau bleu d'hiver, comme au cinéma quand il sent que le film va mériter son attention. Il allait parler, mais une fois de plus son voisin prend l'initiative du dialogue.

« A vrai dire, je me fous bien de savoir où vous allez. Moi, ce que j'aime connaître des gens c'est ce qu'ils sont, aujourd'hui, tout de suite, là, quand leurs yeux de fous s'arrêtent un instant d'être effrayés par le monde, qu'ils s'écoutent quelques minutes respirer. Alors moi, j'écoute la respiration, j'écoute les mots qui arrivent au bord des lèvres comme des tendresses ou un trop-plein, je scrute les mille petits muscles du visage et là, je sais trouver les parcelles de joie, de peur ou d'amertume...

« ... je ne sais si je dois souhaiter à quelqu'un de voir ce que j'ai vu, mais la guerre, cette merde, je l'ai approchée, partout elle est la même, j'ai vu l'éclatement des corps, les petites billes d'acier qui s'infiltrent tels des rats furieux dans les chairs vivantes, les traînées diaboliques des bombes dans le ciel, les pleurs, les cris, les mains qui volent en éclats et les chevaux qui se noient. J'ai été éclaboussé de sang, d'yeux et de cervelles, et une femme que j'aimais s'est jetée par la fenêtre de l'hôtel où l'on venait de faire l'amour. Et puis, quand le bordel s'est arrêté, que la terre a repris sa quantité de chair à humus, j'ai vu les poubelles chargées de débris d'avions, d'obus, les enfants jouer dans les décharges coiffés de casques trop grands et qui s'entre-tuaient, pour rire, avec des mitraillettes rouillées, des putains de grandes villes et de ports, rasées et torturées parce qu'elles avaient aimé l'occupant, des corps brûlés, enveloppés dans des bandelettes avec à la main une étiquette de consigne, *inconnu,* des milliers de familles éparpillées dans les campagnes et se retrouvant, yeux hagards six ans après, à un arrêt d'autobus ou dans une fête foraine...

« ... aujourd'hui, je suis un homme du retour, je n'ai plus envie d'aller de l'avant, de me précipiter vers l'inconnu, vers la violence et le bouillonnement. Mes rêves de nuit sont encore pleins de hurlements et de pas résonnant dans les rues vides des villes, de poursuites farouches dans les égouts puants. Je veux changer mes rêves, je veux que reviennent les fenêtres des maisons avec deux rideaux blancs, les odeurs d'armoires avec le linge blanc plié et les petits sachets de lavande que les mères dissimulent, vous comprenez ce que c'est que de vouloir être à l'arrêt ? D'écouter le bruit des feuilles, de la pluie sur des volets, de tendre un bras pour éteindre une lumière et dormir, dormir, faire chauffer son café dans la même gamelle qu'hier et fumer sa première cigarette en écoutant l'eau qui bout. C'est une pause que je veux, un retrait dans le capharnaüm quotidien, je veux refaire le puzzle de mes aspirations et reprendre contact avec l'homme immobile que j'étais...

« ... ça me fait plaisir de parler comme ça au hasard d'une rencontre, j'ai toujours l'impression que si on compressait mon corps dans une machine-pilon, c'est un océan de mots qui jaillirait de ma gorge et de ma peau. C'est incroyable ce qu'on emmagasine, vous savez. »

Le bruit des respirations avait repris le dessus. Raclements de gorges, chuchotements. La gare somnolait et parfois s'agitait en soubresauts nerveux, puis de nouveau le sifflement tranquille de l'air qui exécute son va-et-vient à l'intérieur des corps.

Que dire de plus ? Marco somnole ou fait semblant, et est tenté lui aussi de se raconter, de dire moi je, moi j'aime, moi la vie, mais les phrases s'ébauchent dans sa tête, puis s'effilochent, plus de compléments, de verbes, n'y a-t-il rien à raconter ? En d'autre temps, il est intarissable sur son directeur, sur Trabaud, sur quelques filles de la faculté de médecine. Peut-être attend-il un mot, le seul qui ferait tout changer, tout basculer, mais il n'ose regarder son nouveau voisin. Des images fugitives lui arrivent pêle-mêle, le radiateur brûlant de sa chambre, la glace trop haute de sa salle de bain, le livre posé sur la table de nuit et corné à la page 72, je t'assure que j'étais là samedi à huit heures, tu as dû faire un faux numéro, je n'ai pas bougé, c'est mars le meilleur mois pour les sports d'hiver, saison creuse et soleil, rapporte-moi un œuf d'albâtre si tu vas à Cadaquès, $E = MC^2$ il avait les cheveux longs, avec le temps, avec le temps va, tout s'en va, les cravates acétate c'est patate, les cravates en soie c'est sympa, le señor Porto-Cruz est aujourd'hui déguisé en arlequin, papa c'est quoi un chômeur, un mec qui veut pas travailler, papa achète-moi un meccano, j'veux faire une tour Eiffel...

Un coup de coude le sort de ce tourbillon où il s'enfonce avec complaisance. L'homme au chapeau le regarde et semble attendre. Il prend sa respiration, met machinalement la main à son chapeau et fouille dans une de ses poches. On entend des froissements de papier, des pièces de monnaie qui se cognent, l'homme fait un effort puis déclare en regardant droit devant lui :

« A prendre ou à laisser. Vous prenez ce billet et vous continuez mon voyage. Le train est là dans quelques minutes. Moi j'arrête, j'en peux plus. Passez-moi vos clefs, c'est un relais que je vous tends, n'hésitez pas, jamais plus ce ne sera comme ce soir, ne réfléchissez pas, ne branchez pas votre imagination sur hier ou demain, soyez tout de suite. C'est sûr, ce n'sera jamais plus comme ce soir. »

Marco hésite, il est con ce type, folie, puis tend sa main. Le vieux au chapeau lui remet un paquet froissé, gras, contenant des papiers sans doute. Un billet avec plusieurs feuillets, puis les haut-parleurs de la gare annoncent l'arrivée de l'express.

En se levant, Marco remet ses clefs à l'inconnu et déjà il n'est plus là. En refermant la porte de la salle d'attente des pensées confuses s'agglutinent comme des centaines de feux d'artifice dans des détours de son cerveau. Tout y est déjà en fourre-tout, le feu, les fleuves, les bagnoles qu'en peuvent plus, les montagnes arides, les maisons en bois, visages neufs faisant des signes de bienvenue, amours, vitesse, claquement des rails, mouvement, éphémère, tout défile convulsivement et c'est avec tout ce fracas dans la tête qu'il s'annonce sur le quai.

Cette fois, la nuit avait gagné et Marco ne savait sans doute pas encore que ce trousseau de clefs échangé contre les billets du voyage rejetait à jamais une certaine façon d'accepter ou de dire... « Tiens, il fait frais ce matin vous ne trouvez pas ? »

JEUNE femme, lit avec boule en cuivre, armoire à glace, lavabo, paravent, Mic éveillée. Dans la chambre 8 de l'hôtel des Deux-Hémisphères, des vêtements sont jetés pêle-mêle sur un fauteuil en velours vert dont un des ressorts est détendu. Petites chaussettes. Sommeil. Rêve. Le salaud, pas un mot, tant pis, je partirai. Attendre encore un peu. Mégots de gitanes dans un cendrier de la Loterie nationale. Débuts de lettres... Marco, pourquoi tout cela, tes silences. Si tu ne veux pas vivre avec moi c'est que tu ne m'aimes pas. C'est vrai. Je voudrais partir. Je voudrais un avenir avec tes regards sur les murs de nos maisons, tes cheveux accrochés aux fougères du balcon. Ton corps, tes délires...

Et puis le papier roulé en boule et jeté dans la corbeille en plastique. Merde à Marco et à sa saleté d'égoïsme. Egoïsme?

La ville éteinte. Les yeux scrutent les ombres des toits. Bruits des couloirs. Chuchotements. Mic a peur. Terrible la peur dans un hôtel. Et ces centaines de conversations commencées dans la tête, tiens demain quand je le verrai, je ne le laisserai pas parler, tout lui dire, sans respirer, j'en peux plus de toi, ta solitude et tes manies, décide-toi, qu'est-ce que je suis, une histoire qui passe dans ta vie, à côté de ta vie, qui tourne autour de tes phantasmes, tu aimes mes seins, mes fesses, peut-être n'aimes-tu que cela, une peau agréable à ton toucher et rien de plus, tu fuis, tu fais semblant de me rencontrer, mais tu passes, tu frôles mes rêves, tu évites mes ennuis, tu ne m'aimes que joyeuse, en bonne santé, saine de toute part, tu ne veux rien savoir de mes angoisses, de ces frayeurs de nuit, de vie, mes maladies quotidiennes qui entament mon cerveau, ma peau et mes espérances de vie meilleure. Je ne suis qu'un nuage qui passe près de ton nuage à toi. Et des bribes de gaz blancs se mélangent et se confondent quelques instants puis des nuages emportent tout, Marco tu es rapace, fauve, nuisible, exterminateur. Parfois, je voudrais te voir absorbé par une locomotive ou un camion-benne d'éboueurs et que tu disparaisses broyé par des gigantesques roues d'acier, compressé au milieu des bidons vides et des pots de yaourt.

D'autres fois, quand je t'aperçois, que tu viens ouvrir la porte, je suis émue et je pleurerais de ne pas être toujours au milieu de tes tourments.

Chambre d'hôtel. Noir. Silence. Froissements. Mic, cette nuit-là, aurait voulu être morte, enfouie sous quelques mètres de neige, au milieu des sapins, des montagnes et des vents glacés.

Marco pourquoi... est-ce que...
et si je... non...
          et ton silence l'autre soir...
c'est ça...   malentendu...
            alors explique...
                    demain...

DEUXIÈME PARTIE

TRANSIT-EXPRESS

Claude avait mis sa perruque auburn, et ce jour-là, je voulais dire « je t'aime » car elle était exactement le rêve que je créais en pensant à elle les jours d'éloignement. Sur le quai de la gare Saint-Charles, tout au-dessus des marches qui montent de la mer, je vis son visage coincé entre une pub de cigarettes américaines et la plaque du wagon « Paris-Vintimille ». Je balançai mon sac et ma guitare par-dessus le porte-bagages et je m'installai en face d'elle en glissant mes jambes entre ses jambes. Quand le train démarra, une mouette égarée tourna au-dessus de la verrière de la gare et je la perdis presque aussitôt, ébloui par le soleil de Méditerranée.

C'ÉTAIT un train vert foncé avec des numéros blancs et noirs sur les wagons. Il était arrivé sans un bruit, comme en glissant sur ses rails, tirés par une locomotive électrique, verte elle aussi.

Sur le quai, un petit garçon avec une valise mauve pleurait. Deux personnes le consolaient en lui donnant beaucoup de baisers... achète des timbres aussitôt arrivé, ou à la frontière si tu as le temps... écris tout de suite pour rassurer ta mère... allez, t'es un homme maintenant... on n'pleure plus...

Des militaires en longues capotes kaki s'engouffraient dans les wagons avec leurs grosses valises métalliques, pendant que d'autres restaient sur le quai et semblaient surveiller le va-et-vient des voyageurs, tout ce trafic d'arrivants et de partants. Certains sautillaient sur place pour lutter contre le froid, d'autres soufflaient par petits coups saccadés sur leurs gants de laine.

Des ouvriers en petites tenues foncées partaient en groupes d'affinités, joueurs de belote, raconteurs d'histoires, dormeurs. Des femmes étaient là qui leur faisaient des signes, certaines avec un petit mouchoir blanc brodé dans la main.

Marco était déjà dans un couloir occupé à se

chercher une place. Il tenait son chapeau à la main et semblait recueilli comme s'il allait présenter des condoléances.

Par une fenêtre de la gare, on vit un visage mal rasé qui suivait la progression de Marco. Sans doute avait-il peur d'une volte-face, d'une réflexion de dernier moment qui chuchoterait dans l'oreille... « C'est une folie, on ne part pas comme ça en quelques secondes... » Le nez écrasé par la vitre, il vit Marco pénétrer dans un compartiment, puis disparaître au milieu des ombres de voyageurs.

...LES PEURTIÈÈRES... LE TRAIN VAIN PINRTIIIRR...

Des portes claquèrent, des derniers regards s'agrippèrent entre l'encadrement des fenêtres et les visages tendus restés sur le quai, regards intenses qui savent que dans quelques secondes la solitude va reprendre le dessus avec ses saloperies de murs, de chambres vides, de places muettes... regards de parloirs qui essaient de tout faire passer dans ces intensités d'yeux où l'on voudrait que le cœur entier se projette en avant pour crier.

Et c'est avec un lent travelling que l'express passa près de ceux du quai. Chacun s'enferma alors dans sa tristesse et devint héros d'un des milliards de films de la vie.

Des bras, des morceaux d'hommes s'agitaient déjà au loin, et de ce train vert foncé qui partait dans la nuit, au milieu des champs de neige, des forêts et des petits étangs, des yeux se fermaient pour fixer le plus longtemps possible l'image d'un visage, d'une expression restés sur le bord d'une gare.

Le petit garçon à la valise mauve était assis à sa place réservée, coincé entre une femme et la vitre extérieure. Pas question alors de déranger à tout moment pour aller marcher dans le couloir. En face de lui, un homme dormait la tête appuyée sur la tablette en formica fixée sous la vitre et qu'on accroche d'ordinaire pour poser des livres, des œufs durs ou une bouteille de soda. Le petit garçon ne voyait que les cheveux de l'homme, le reste de la tête étant enfoui dans les bras qui servaient d'oreiller. Si tous ces gens qui dormaient n'avaient pas éteint les lumières, il aurait bien sorti de sa valise un comix ou un roman d'anticipation, et se serait mis à fuir dans un monde de zluurp, fschiiiaff, et des planètes lointaines où les êtres ne se parlent pas, mais devinent. Alors, il ne restait plus qu'à soulever le rideau pour regarder la nuit, les éclairs des gares. Ou s'amuser avec l'homme endormi. Une fois, il avait vu son père endormi, et il s'était amusé à soulever ses paupières. Il avait vu deux globes morts qui ne voyaient rien et restaient fixés vers le plafond. Le père ne s'était pas réveillé et le garçon avait fait une prière, à genoux près du lit, pour que son père ne meure jamais.

L'enfant avança la main le long de la paroi du train, et du coin de l'œil surveilla dans la pénombre si aucun voyageur ne le regardait. Du bout de l'index, il toucha les cheveux, puis retira presque aussitôt son doigt. L'homme n'avait pas bougé. Souvent le garçon aurait aimé toucher des mains, des visages rencontrés dans la rue, ou bien tirer les joues flasques et poudrées de la vieille qui jouait de l'harmonium à l'église.

Il attendit un peu, comme pour une réflexion sur la marche à suivre puis il avança encore une fois la main, et doucement saisit une mèche de cheveux qu'il tint plusieurs secondes. Il l'enroula autour du doigt en faisant bien attention de ne pas tirer, puis sortit de la boucle. L'homme dormait et parfois soufflait fort comme s'il venait de terminer un travail harassant... pffff... pfffff... pfffffff... pfffff... Le petit garçon imitait la respiration de sommeil et, sur le coin de la tablette en formica, posa sa tête. Cette fois, ses propres cheveux étaient dans le nez de l'inconnu. Il fit alors des petits mouvements de tête qui finirent par réveiller l'homme qui se redressa légèrement. Il prononça quelques mots que le petit garçon ne comprit pas, et celui-ci appuya alors son manteau sur la tablette. L'inconnu fit de même. Leurs visages se touchaient presque, et leurs haleines se rencontrèrent. L'homme chuchota en se montrant du doigt :

« Ja se zovem Dušan... ja se zovem Dušan... ja se zovem Dušan... Dušan... Dušan... Dušan... »

Et il insistait en prononçant douchanne, douchanne. Chaque fois, il doublait le mot avec un signe de doigt tourné vers lui. Il se redressa légèrement, et en tapant le haut de sa poitrine avec son index, il prononça encore plusieurs fois douchanne... douchanne.

Le petit garçon comprit d'un seul coup qu'il voulait lui dire son prénom et fit un sourire. Il répéta à son tour en chuchotant : Douchanne... Douchanne; et il le montra également avec le doigt.

L'étranger hocha la tête et sourit. Il était content. Il se désigna une nouvelle fois en disant Dušan tout doucement, puis retourna sa main pour désigner le petit garçon et avec son visage il signifia l'interrogation...

Le petit garçon comprit tout de suite et chuchota : William... William... William...

L'étranger essaya de répéter, mais n'y arriva pas. Le garçon releva alors la tête et fit de gros ronds avec sa bouche pour exagérer la prononciation et dessiner la marche à suivre :

OU...IIII...LIAMM. L'étranger répéta plusieurs fois les grimaces et réussit à prononcer le prénom. Le petit garçon dit... Douchanne, et l'homme enchaîna... William. Ils se firent des sourires pour montrer qu'ils étaient heureux de ce premier dialogue. Dans la pénombre, ils voyaient leurs dents, et ils se remirent l'un en face de l'autre, leurs mentons posés sur la tablette.

Puis l'étranger eut une idée. Il fouilla dans sa poche de veste et sortit un petit paquet de sucre qu'il avait dû prendre dans un café. Il déchira le papier-réclame qui emballait les deux morceaux, et les posa sur la table.

Il désigna un morceau et dit :

« Šečer, šečer. »

Chétchére, répéta le petit garçon, puis en fermant les yeux pour se le mettre en mémoire, il répéta plusieurs fois chétchére... chétchére. Enfin, il regarda l'étranger et lui dit :

« Sucre... sucre... sucre. »

L'autre répéta cette fois sans aucune difficulté.

William, comme pour montrer qu'il avait bien tout retenu, prononça : Douchanne... chétchére. L'étranger rit, lui tendit un sucre et mangea l'autre.

Pendant qu'ils entendaient chacun dans leur tête le bruit des dents qui écrasaient les petits cristaux blancs, ils se regardèrent et mirent dans leurs regards toute l'amitié qu'ils pouvaient se dire avec ce langage-là.

Tout autour de Marco, des hommes et des femmes dormaient. Il entendait leurs souffles, leurs rêves qui bousculaient la petite lumière violette de la veilleuse pendant qu'une bouteille de chianti accrochée au piton du porte-manteau se balançait doucement. En dessous, quelques centimètres sous les pieds et la poussière des villes, l'acier frottait l'acier, les essieux vibraient, raidis qu'ils étaient par les tonnes de chair et de métal en mouvement.

En fermant les yeux pour ne pas voir ces visages de compartiment qui parfois le fixaient, Marco pensa qu'à l'autre bout des rails il y aurait du vent et sans doute du soleil, des genêts et quelques pierres de silex. Et puis, tout à côté, une ville qui s'appellerait *TERMEND*. Elle aurait un drugstore, un bâtiment de télécommunications, un supermarché, un poste de police et, à différents endroits, des grues qui empileraient leurs dalles de béton et agripperaient au bout de leurs crochets les tuiles et le ciment. Tout cet agencement organisé deviendrait alors bureaux, chambres à aimer, W.-C., corridors, prisons. Sur de grands pans de murs, il y aurait parfois des affiches multicolores et des néons qui parleraient de la nouvelle voiture avec ses cylindres en Y, ses freins au tungstène, ou alors du nouveau soutien-gorge à deux bonnets flottants.

Ce serait une ville avec des rues grises et une rivière où passeraient des péniches, une ville avec une partition de moteurs, de klaxons, de cris et de miaulements. Il y aurait les souterrains où s'écoulent les eaux sales, tout l'égout des hommes où se mélangeraient la crème à raser, la sauce béarnaise, l'urine et quelques larmes. Du sang parfois se déverserait dans un lavabo d'hôtel, goutte à goutte la vie s'enfuirait d'un corps désespéré pendant que des yeux regarderaient, en attendant le moment de ne plus voir. Il y aurait là-bas, tout au bout de ces rails, une équivalente balance d'espoir et de désespérance.

Sur les bancs installés au milieu de terre-pleins, au centre d'une avenue à grande circulation, il y aurait des vieillards qui regarderaient passer les bus et les voitures, et qui, chaque après-midi, se compteraient puis parleraient doucement des absents. Dans un square, il y aurait un quatuor qui jouerait Debussy pendant que tout près, à quelques mètres, un enfant émerveillé rêverait de devenir pianiste. Et puis, en plein centre, entre un rectangle de gratte-ciel-ordinateurs, il y aurait une jungle avec des lacs, des lianes et toute une faune étrange. Souvent l'après-midi, on entendrait monter des profondeurs de la forêt, des percussions, tam-tams et autres rythmiques rituelles. Tout un peuple d'hommes et de femmes jeunes danseraient, seraient allongés, fumeraient et pousseraient des cris sauvages, ouvriraient les yeux et seraient capables, des heures durant, d'examiner une fourmi, un morceau de liège, une capsule de Coca-Cola. Ils feraient des dessins sur la terre et sculpteraient les arbres en immenses statues érotiques. La nuit, des commandos sortiraient de la jungle pour une virée dans les quartiers riches de la ville, et une fois le ravitaillement acquis, les ombres rejoindraient les wigwams aux premières lueurs de l'aube. Périodiquement, la police encerclerait la jungle et donnerait l'assaut pendant que les ordres continueraient d'arriver du sommet des gratte-ciel-ordinateurs et réclameraient la plus grande férocité : ILS DOIVENT TOUS DISPARAITRE. Les gens aux fenêtres paieraient pour voir aux jumelles le spectacle des femmes violées, des testicules éclatés, des cerveaux adolescents déchiquetés par les grenades offensives de la police.

Tout ensuite redeviendrait calme et quelques jours plus tard, les tam-tams reprendraient leur musique provocatrice.

Ce serait une ville banale avec tous les ingrédients d'une ville. Des quartiers riches avec des abris d'autobus, du marbre, des ascenseurs, de la moquette et des boiseries, et puis les autres avec les lézardes, les poêles argentés, les fontaines communes et les plaques de plâtre accrochées à la tapisserie. Pourtant, il y aurait des possibilités de bonheur. Au milieu du bruit et des fumées, certainement qu'il y aurait un regard, un seul qui s'ouvrirait une seconde et montrerait le spectacle inconnu d'un être neuf. Le bonheur d'une ville où il n'y aurait que des yeux qui scrutent d'autres yeux.

Quand le train entrerait en gare, il se ferait un silence et un jeune homme vêtu d'une longue tunique blanche accueillerait les visiteurs du haut de son échelle de pompiers. Il ouvrirait les bras et dirait dans un mégaphone : « Soyez les bienvenus à Termend. » Puis, il repartirait, entouré de ses valets-pompiers qui actionneraient leur sirène d'incendie.

Les jours de pluie, la ville serait un miroir où les oiseaux se regarderaient. Ils verraient leurs arabesques et autres grandes courbes, et les plus jeunes, ces jours-là, écraseraient leurs plumes contre le bitume des avenues parce qu'ils se seraient trompés de ciel. Les mendiants resteraient dans les couloirs et pesteraient contre la flotte qui fait dégager les effluves des semaines et semaines de crasse. Les jours de pluie, les clochards savent qu'ils puent et que l'avenir appartient aux êtres déodorés. A vue d'nez, il est cinq heures, disent-ils en riant, puis en buvant une grande lampée de vin, la tête en arrière, ils essaient d'oublier une fois de plus que pour eux, il sera toujours cinq heures.

Il y aurait aussi un médecin du nom de Barmuda qui exercerait ses petits talents dans un appartement tout au fond d'une impasse. On l'appellerait la nuit pour les angines et les chtouilles et il arriverait en gueulant que c'est pas une vie et qu'on a bien tort de baiser comme ça avec des gens dont on ne connaît rien. Il aurait une sacoche bourrée d'échantillons et écrirait ses ordonnances sur des enveloppes ou des coins de journaux qu'il trouverait sur la toile cirée. Il ne ferait pas payer et, avant de repartir, boirait dans la cuisine une sorte de vin chaud avec du poivre dedans. Il critiquerait la médecine, les médecins et les malades. Après, il repartirait chez lui à pied et ferait de longs détours dans les ruelles à chats, pour s'exténuer et pouvoir dormir ensuite quelques heures d'un sommeil d'abruti.

Dans cette ville du bout des rails, il y aurait de grands jours de soleil avec le goudron qui fond et les stores qui se ferment, les gens qui clignent des yeux, les anisettes, les milk-shakes aux comptoirs des cafés. Les vieux du terre-plein auraient leurs chapeaux de paille, leurs bérets ou des vieux calots de la guerre et ils resteraient pendant les heures de canicule, le menton sur la canne, les yeux rivés vers leur petite mort qu'ils regarderaient au travers de la vitrine du supermarché. Des riches à gros ventres, à la peau-cellulite piquée comme des oranges, suinteraient comme des porcs à la broche, et resteraient, eux aussi, prostrés sous les pales d'un ventilateur, les orteils écartés. Ils n'auraient aucun rêve, et la mort serait cette fois au fond d'un verre d'alcool où pataugent deux cubes de glace.

Enfin, il y aurait l'immense building de la bibliothèque municipale où seraient entassés des millions de fragments d'histoires sur des rayons poussiéreux. Dans les sous-sols, il y aurait de grands réseaux de couloirs, des milliers de cabines où tourneraient des magnétophones. A longueur de journée et de nuit, les bandes magnétiques enregistreraient les histoires d'hommes, le secret des conversations, les mots d'amour, d'érotisme, de politique. Des commis noteraient, transcriraient, ficheraient chaque mot de chaque citoyen, ses rendez-vous, ses espoirs, ses jouissances, ses rencontres, ses manies et donneraient ces longs romans en pâture à l'ordinateur géant, devenu le plus grand gratte-ciel de la ville et qui imprimerait dans ses mémoires chaque fait, geste, mot, déclaration, confidence, maladie de chaque habitant de la cité. L'ordinateur, du haut de ses nuages, déduirait, critiquerait, commenterait et en dernier lieu, ordonnerait. Il deviendrait petit à petit maître-dictateur de la ville et les rencontres fortuites des coins de rues, des places de cinéma, les arrivées et départs, les accidents, les morts, les mariages, les accouplements d'hôtel, les serrements de mains, les baisers, les poursuites, tout serait prévu, calculé et provoqué par lui. Lui, maître des intimités, il jouerait avec les hommes comme sur un échiquier géant. Il serait le maître du sursis, le maître du lendemain et le premier baiser de Manu à Loretta, la fille du café de la Poste, serait d'abord inscrit sur un infime morceau de bande magnétique avant même que les deux bouches adolescentes apprennent le chouette goût des lèvres étrangères.

DANS LA VILLE DU BOUT DES RAILS, IL N'Y AURAIT PLUS DE HASARD.

Marco sortit dans le couloir et une grande gifle de froid lui cogna le visage. Ses cheveux bouclés volèrent tout autour de sa tête et il fut obligé de fermer les yeux. C'était bon des yeux qui se fermaient et qui magiquement anéantissaient le monde.

Huelgoat
Amsterdam
Ispahan
Dommartin-aux-Bois
Marrakech
Elseneur
Shanghai
Kremlin-Bicêtre
El Hoceima
Budapest
Touggourt
Paramaribo
Ciudad Guatemala
Sindelfingen
Chéchaouen
Haréville-sous-Montfort

Trieste
Istanbul
Atlantic City
Bangalore
Smolensk
Saint-Jacques-de-Compostelle
Babylone
New York
Bangkok
Kouïbychev
Tétouan

Dans la nuit, le contrôleur ressemblait à un ange déchu en visite chez des fuyards. Il portait une musette de cuir en bandoulière et des carnets à la main. Il demanda à Marco ses billets qu'il examina, puis son nom.

« Marco.

– Ce n'est pas un nom ça.

– Marco A.

– Avec une seule lettre ?

– Oui, A.

– Vous êtes monté depuis longtemps ?

– Cette nuit.

– Vous voyagez seul ?

– Oui. »

Et il inscrivit sur une sorte de grand classeur les renseignements qui venaient d'être donnés. Il allait demander autre chose, puis il regarda Marco, se ravisa, et déclara en partant sans se retourner, quand vous devrez descendre, prévenez-moi, je suis au wagon 3, en avant du train.

Il repartit avec son costume sombre et de son pas déhanché, habitué à encaisser les secousses des express.

Puis Marco entendit derrière lui une sorte de glissement. Il se recula et vit un vieil homme aux cheveux blancs et bouclés qui essayait de se relever. Le vieillard soufflait fort, et une fois adossé à la portière... « J'suis foutu. Je peux même plus aller pisser sans me retrouver par terre. Ma femme me l'dit tout le temps, t'es foutu, t'es plus bon à rien. Elle a raison la garce. Des fois, je regrette bien tout l'barnum d'avant. J'en f'sais trembler du monde ! Une vraie tornade, plein de forces j'étais, je courais le cent mètres en 16 secondes, pas un poil de graisse, toujours aux aguets. Si vous m'aviez vu arriver, jeune professeur d'université ! J'avais une Talbot à cette époque, les filles me reluquaient et elles avaient toutes envie de s'taper l'prof. Moi, j'faisais comme si j'voyais rien et le soir je repartais avec mon bolide bourré de copains, vers un petit appartement que je louais à une grenouille de bénitier...

« J'en ai perdu du temps à faire semblant, à croire que, à me dire « demain faudra que j'me décide ». Demain, c'est bien la pire escroquerie. Demain, ça n'arrive jamais. Un mot qu'il faudrait rayer des dictionnaires, dans toutes les langues. Toute ma vie, j'me suis reposé sur ce mot-là, et regardez-moi, est-ce que j'ai l'air d'un écrivain, d'un savant, d'un compositeur ? non, vous avez raison. Je ne suis rien de tout ça, je n'suis rien. Un fumiste, un faiseur de vent, j'ai longtemps pu épater parce que le corps suivait et les gens, vous les connaissez, les apparences ça leur suffit, ils s'en foutent du sérieux, ce qu'il y a sous le crâne ou dans la peau, c'est l'esbroufe qu'ils veulent, le tralala, la présentation, l'enrobage. Et sans me flatter, je présentais bien. Toute ma vie j'm'en suis contenté. Quand je me suis aperçu de c'malheur-là, c'était trop tard. Alors un soir, on se regarde dans une glace et on voit sa vieille gueule avec ses sales creux et ses vilaines bosses et toutes ses craquelures autour. C'est fichu. Trop tard, terminé. Faudrait avoir le courage de s'foutre en l'air illico, parce que c'est moche de penser qu'on a presque pas existé. »

Le vieux fixait un point perdu et semblait hésiter à se relever. A moitié allongé sur le plancher du train, il respirait fort et par moments sursautait comme s'il était pris de hoquets. Vieille grenouille.

Marco lui prit le bras et l'aida à se remettre sur ses jambes. Le vieux fit un mouvement de tête pour remonter une longue mèche de cheveux tombée devant ses yeux. Il dit encore...

« ... ne restez jamais enfermé chez vous, regardez les autres, c'est ça l'important, ensuite laissez-vous regarder, laissez-vous pénétrer par cette chaleur-là. »

Le vieil homme regarda la nuit du dehors appuyé contre la portière et on aurait pu penser qu'il se retenait de pleurer. Pleurer, pour qui ? Tout le trop-plein des malentendus avec lui-même et les autres aurait voulu s'écraser mollement sur ce parquet de train. Marco restait derrière et ne disait rien. Regarder. Ecouter. Rien à dire. Dans quarante ans peut-être, il serait là dans un autre train avec un jeune type derrière lui, et qui n'aurait rien à lui dire. Parallèles de vies. Marco prit la main du vieux et la serra. Pendant que la nuit absorbait le bruit de l'express, deux électrons de hasard se rencontraient pendant quelques secondes... je peux encore vous dire...

Marco roulait une cigarette tout au fond du couloir, près du soufflet, là où la rythmique des rails est la plus intense. Quelques miettes de tabac tombèrent par terre quand il fit le geste que lui avait appris son père : deux aller-retour entre la paume et la cuisse, un coup de bave au travers, et la meilleure cigarette du monde est dans la bouche.

Parfois un homme passait devant lui, disait pardon et ouvrait la porte des toilettes. Le loquet se refermait et indiquait OCCUPÉ. Marco pouvait imaginer l'homme enfin seul, déboutonnant sa braguette, sortir son sexe et uriner tout en pensant à son rendez-vous de tout à l'heure au café du Bateleur avec le dénommé Spitzberg. A moins qu'il ne sorte de dessous sa chemise une liasse de billets verts ressemblant à des coupures de 20 $ qu'il recompterait pour la dixième fois aujourd'hui en mouillant son doigt à chaque mouvement.

Marco regardait la nuit au travers de la vitre. Il avait d'abord dessiné quelques signes sur la buée puis alternativement accommodait son œil aux minuscules lumières qui émergeaient de l'obscurité ou au bout incandescent de sa cigarette.

Il aurait voulu établir des fiches, savoir tout de ces enveloppes de chair qui parties d'une gare se rendaient vers une autre gare. Peut-être y avait-il beaucoup de voyageurs professionnels passant leur vie dans les trains, les avions et les compagnies maritimes. Des millions d'êtres en mouvement qui ne se fixaient nulle part, sans maison, sans décor, sans les petites amarres qui figent parfois en une seconde, toute une existence. Ballons, bouteilles à la mer, cerfs-volants, sondes, navires perdus, pollens, satellites, épaves, messagers, passeurs, spermatozoïdes, radeaux, migrateurs, fuyards, balles traçantes, avions-suicides, météorites, feuilles mortes, sables des tempêtes, mouettes blessées, TOUS, ils avancent les mains tendues vers l'infini, criant leurs désirs et leurs souffrances, les yeux révulsés par la peur de { la nuit.
l'ennui.

Peut-être avoir un petit carnet propre avec une belle couverture glacée et des feuilles à petits carreaux. Sortir un stylobille et noter des mots, sensations, impressions, écrire des débuts de phrases, faire des dessins, noter des bruits, ce qu'il aimerait faire, ce qu'il fallait surtout ne pas oublier, noter des visages avec les regards, des noms de villes, les heures aux horloges des gares. Et puis, plus tard, jeter le carnet, en prendre un autre et recommencer, le temps d'un carnet, le jeu des notations. Parfois peut-être, il aurait détaché une page pour l'envoyer à Mic et lui raconter,

les gares
aérotrain
les rails s'oxydent
ciel noir
je t'M,

et puis non, il fallait l'oublier elle aussi comme le reste. Oublier quand elle riait au cinéma, qu'elle achetait des meringues au chocolat chaud, qu'elle montait sur ses hautes chaussures bleues pour mesurer 1,65 m, oublier ses caresses, oublier quand elle mouillait ses lèvres et qu'on pouvait s'imaginer boire à une fontaine fraîche. Les jours de canicule, Mic buvait sans arrêt des Ginger Ale comme lorsqu'elle vivait aux Etats-Unis. Marco fumait des cigarillos et buvait des bières pression. Les cafés étaient jaunes et bleus et les serveurs portaient encore des tabliers 1900 et des serviettes blanches sur le poignet. Pendant les grèves, ils avaient été voir le festival du film d'horreur et tous les après-midi à deux heures et demie, ils faisaient la queue sur le trottoir du boulevard. Mic, parfois, poussait un petit cri quand un vampire s'approchait du cou d'une femme et qu'il plantait ses deux canines dans la chair qui s'offrait. Le soir, Mic et Marco faisaient l'amour et s'excitaient en jouant aux vampires.

Oublier.

Pas facile, comme ça de dire je vais oublier Mic. Non, il faudrait la remplacer par des rencontres et des paysages qui illuminent les yeux et expulsent tous les vieux clichés de tendresse ou de rattachement. Sentir son cerveau se vider au fur et à mesure des bornes kilométriques et avoir doucement la sensation du vide des tout premiers jours de vie.

Marco aurait aimé devenir un homme-instantané. Sentir tout autour le monde avec son grouillement de vie, la mort, les arbres et les satellites, et pouvoir immédiatement établir la seule et unique liaison avec ce tout dont il faisait partie. Savoir à chaque instant POURQUOI. Puis, après de grandes intensités où il aurait su les avenues de San Francisco, les sagaies de la brousse, les mégots de Winston filtres, il se serait reposé, étendu sur un coin d'herbe mouillée et, les yeux dans le ciel, il aurait écouté sa respiration.

LE train émergea d'un tunnel et émit une sorte de cri électrique. Il y eut alors cette jeune fille qui sortit d'un des compartiments des wagons-lits. Des mèches noires qui voyageaient sur ses épaules et une paire de jeans collés à la peau. Elle passa une main dans ses cheveux, geste machinal, pour leur donner un peu de volume. Ses yeux étaient à moitié fermés et elle dit... rdon en passant devant Marco. Elle s'agrippa aux rampes des fenêtres et se dirigea vers le fond du wagon.

Ange, sorcière, fleur du mal? Il n'était pas important maintenant de savoir. Marco, pour avoir une occupation ou une contenance au retour de la jeune fille, alluma une cigarette brune et poussa avec sa bouche de fabuleux nuages qui s'écrasaient contre les vitres embuées de l'express. Rêves de trains. Dou bou doum dou bou doum, musiques de rails, chants de traversées. En attendant la jeune fille, Marco perdait ses regards dans les fantômes de passage, ombres de nuit, repères d'oiseaux inconnus, étoiles de mondes lointains. Le vieux de tout à l'heure, vie pour rien, était parti rejoindre sa vieille des derniers jours.

Marco savait qu'il était perdu. Il suffisait qu'il décide de ne plus manger, boire, respirer, personne ne serait là pour imposer, critiquer. Il était libre de mourir, personne n'avait de pouvoir là-dessus et c'était terrifiant.

La jeune fille réapparut et s'arrêta près de Marco pour regarder la nuit. Sous les fluettes lumières du couloir, elle pouvait avoir entre seize et dix-huit ans.

« Je m'appelle Natche et j'ai seize ans. Vous m'offrez une cigarette ? »

Marco répondit avec un vieux réflexe : « Je n'ai que des brunes ! » Elle dit que c'était exactement cela qu'elle fumait.

« Vous avalez la fumée ? »

Marco dit :

« Des fois oui, des fois non. Je me fous de l'âcreté dans la gorge, ce que j'aime dans la cigarette, c'est le geste et la fumée que l'on voit et qui se répand au hasard comme des pensées incertaines.

— Moi j'avale parce que c'est là qu'est le plaisir. Sentir des milliers de gouttelettes de goudron qui s'accrochent. C'est chaque fois une petite mort qui s'agrippe. »

Marco fit semblant d'être étonné et demanda si elle voulait mourir.

« Non, pas maintenant comme ça, violemment, mais j'aime bien jouer avec ma vie. »

Ils mélangèrent quelques instants leurs fumées pendant que le train traversait des villes et ébranlait des ponts métalliques. Marco remarqua le collier que portait Natche. Des boules bleues et blanches qui ressemblaient à des yeux de verre.

« On appelle ça les sept yeux du bonheur. Bonheur des couleurs, bonheur des sons, bonheur du silence, bonheur du voyage, bonheur du repos et... j'ai oublié le septième. »

Marco suggéra pendant qu'elle récapitulait : Bonheur de la rencontre. Natche se souvint.

« Bonheur de la révolte. Ce ne sont pas des porte-bonheur, ce serait ridicule, seulement des présences rappelant quelques possibilités de plénitude. Mon père me l'a rapporté de voyage et je ne l'enlève jamais. »

Elle avait dit tout cela comme une récitation et elle ajouta, comme pour rompre la mécanique du parler :

« Ça vous est déjà arrivé d'être heureux ? »

Marco ne réfléchit pas.

« Oui, souvent. Parfois j'ai l'impression que jamais je ne l'ai été, mais aujourd'hui, à cet instant, je sais que oui.

– C'était comment ?

– Des instants sans questions. »

Natche sourit. Elle dit :

« Moi parfois j'ai envie de tout bousculer, de mourir, d'exploser. Tu sais ce que c'est que de vouloir être fou ? Je voudrais que tout se mélange et tourne à toute allure, les arbres, les chromes des motos, mes cheveux, les rails de chemins de fer, les bouches des hommes, leurs dents, les poussières de charbon. Tu as déjà connu ça, l'envie de vivre explosée, en miettes sur tous les points du globe. »

Marco écoutait Natche comme ces jours où le vent tourmente les lattes des volets et qu'il n'y a pas d'autre urgence que d'écouter cette musique d'ailleurs. Natche était l'AUTRE, arrivée comme une feuille perdue et venue se poser là sans intention.

Elle continua :

« ... je t'avais remarqué tout à l'heure et je savais que tu avais envie de me rencontrer. Pourtant tu ne m'as pas regardée, mais je savais... Tu voyages pourquoi ?

– Il n'y a pas de raison.

– Si, il y en a toujours une, ça peut être un départ, une rupture, un rapprochement, un éloignement. Ça signifie toujours quelque chose d'être dans un train.

– Pas forcément. Ça peut être comme lorsqu'on se trouve dans un ascenseur, entre un étage et un rez-de-chaussée, en instance de volonté. Changer de niveau.

– Tu vois qu'il y a une raison. Si tu changes de niveau, c'est pour être ailleurs.

– Non. Je suis bien dans ce train. Plus tard, demain, je descendrai et je me retrouverai ailleurs. Mais le premier désir était d'être en mouvement. Seulement en mouvement. Dans la ville d'où je viens, j'avais l'impression d'être un gaz mort... cherchais un élan... »

Natche tira une dernière bouffée, puis écrasa sa cigarette dans un cendrier d'aluminium.

« Moi, je voudrais qu'il n'y ait jamais d'arrêt, que ce soit un train sans terminus. »

A ce moment-là, Natche et Marco se regardèrent dans les visages. Marco vit des larmes dans les yeux de la jeune fille et il prit sa main, la serra, puis la relâcha.

Elle dit :

« On se reverra ? »

Marco fit signe que oui et dans sa tête une chanson fit irruption, chanson sans importance, musique de juke-boxe entendue il y a dix ans au café Sporting alors qu'il buvait un chocolat avec Dan, la fille du marchand de vin.

Natche regagna le wagon-lit où son père dormait. Elle regarda ce visage endormi, cette bouche entrouverte qu'elle aurait voulue amoureuse, amante et docile, puis s'allongea sur sa banquette pour dormir.

MELCHIOR le contrôleur fumait du tabac de Virginie. Il avait accroché sa pince en laiton dans une boucle de cuir cousue sur un des côtés de sa musette. Ni départ, ni arrivée, pour lui le voyage n'existait jamais. Des horaires, des fiches, des tickets. Poinçons. Vous arrivez à 9 h 35; la correspondance est à 10 h 13, il n'y a que des 2e classe, c'est un autorail... vous arriiiiveeeeez ààà... avec l'index il suit une ligne de son carnet... 14 h 30.

Et cet enfant dont sa femme élaborait en ce moment chaque cellule. Jamais il n'aurait un prénom aussi con que Melchior. Peut-être un de ces nouveaux prénoms importés comme Leonis, Rost, Dol. Ou bien une voyelle comme ce type de tout à l'heure : Marco A. Ça pourrait être un prénom, pourquoi pas. U. Ça va avec tout, comme le noir. Original naturellement.

Il souleva sa casquette aux trois étoiles d'argent; frotta son crâne, fit semblant de lisser ses cheveux puis reposa sa raison sociale et hiérarchique sur la tête.

Un enfant, le premier, ce n'était pas n'importe quel événement, Mad devait encore dormir à cette heure, allongée sur le dos, le moutard sur le devant, faisant une belle bosse sous les couvertures. Et puis, il serait sûrement ingénieur, lui, à la Compagnie. Mieux que moi, cent fois mieux. Qu'il n'ait jamais à faire le zouave avec un chef de train. Et si c'était une fille! valait mieux pas y penser, ou alors une fille avec de la tête, pas seulement un cul et des nichons, qu'elle soit docteur ou avocat, enfin un truc où elle se passerait des hommes, qu'elle ait une vie peinarde, sans un de ces salauds qui se décident jamais, qui veut un jour, pas le lendemain. Non, un fils qui ferait trembler le monde, vous savez son père était contrôleur de trains, il est parti de rien, un sacré type ce gosse, au lycée, il a sauté une classe, puis deux, s'est retrouvé aux universités avec dispenses et tout, bourses en veux-tu en voilà, et le père qui continuait à arpenter ses couloirs à 200 à l'heure, le môme il a décroché les diplômes, grandes écoles, quand il a voulu travailler il a claqué des doigts, ils sont tous arrivés, des rapaces, moi je propose, moi j'offre, et le fils du contrôleur n'a rien choisi car il était plus intelligent qu'eux tous réunis et puis... et puis bordel il y a quelque chose qui ne va pas dans le chauffage de ce train. Melchior réajuste sa casquette à trois étoiles et se dirige vers les buffets à manettes. Après ouverture avec le passe, il constate que tout est normal. Serait-il malade? L'angoisse, le bébé et Mad qui dort sûrement comme une bienheureuse dans le grand lit en noyer. S'il était à la maison, elle se lèverait et préparerait une tisane à la verveine, une bouillotte. Bichonné, choyé, il y aurait une lumière douce de lampe de chevet, chaude, et l'agitation tout autour, d'une femme avec un enfant dans le ventre et des petits glissements de nylon bleu sur les meubles de la chambre...

Melchior pensa soudain à ses statistiques. Urgent à terminer. Colonne de gauche, les voyageurs partis de leur résidence habituelle pour une ville où ils ne sont jamais allés. Colonne de droite, ceux revenant vers la ville de leur résidence habituelle. Autrement dit pour simplifier : les fuyants et les revenants. Pour quoi faire tous ces recensements ? Pour qui ? il ne le savait pas. Il savait juste transmettre au chef de train qui lui-même transmettait à... Aujourd'hui, beaucoup de fuyants. Le chef de train ne serait pas content. Il n'aimait pas les fuyants avec leurs yeux étranges où parfois on pouvait voir mélangés les incertitudes et les folies. Dangereux peut-être, rien à perdre. D'ailleurs la plupart n'avaient pas de bagages. Enfin, des vrais bagages avec valises, attaché-kaizes et sacs de peau. Ils emportaient des musettes minables, des cabas, des sortes d'oreillers sur lesquels ils posaient leurs têtes dans des coins de compartiments. Melchior, par respect pour ses supérieurs, détestait lui aussi les fuyants.

On entendit les aiguilles cogner, et l'express stoppa devant une petite gare en bois entourée de neige. Aussitôt, des hommes vêtus de grandes capotes noires et vertes montèrent dans les wagons, ouvrirent avec grand fracas les portes coulissantes des compartiments, scrutèrent les visages encore endormis. Ils demandèrent des papiers à des hommes qui semblaient ressembler aux photographies qu'ils tenaient à la main. Ils bousculaient, ordonnaient. Des uniformes étaient les maîtres de ces centaines d'êtres endormis qui se regardaient, essayaient de sonder le pourquoi de cette irruption bruyante. Les revolvers étaient dans des gaines en cuir noir verni et paradaient au-dessus des capotes cirées. Sur le quai, d'autres policiers-militaires veillaient, mitraillette au poing.

Debout, en avant, papiers, qu'est-ce que cette photo, c'est vous ? d'où venez-vous ? où allez-vous, pourquoi cet express ? cartes de séjour, permis de travail, passeport, carte d'identité, certificat de l'employeur, cette moustache y a longtemps ? né à Baden, quelle nationalité ? où travaillez-vous ? qu'est-ce qu'il y a dans cette valise, ouvrez ! dans ce sac ? vos poches...

Et puis, tout au fond d'un compartiment, un homme sortit dans le couloir et courut vers l'arrière du train. Sa fuite fut le signal de la ruée des hommes en vert. Ils hurlèrent arrêtez... arrêtez... arrêtez... nous tirons... halte... halt... stop. Le martèlement de leurs pas faisait vibrer tout le train et chacun se calfeutrait dans son coin de peur de gêner, déplaire, contrarier. On entendit alors des aboiements qui venaient d'une des salles de la petite gare. Puis, groupés par quatre et tenus en laisse par un homme au visage congestionné, ils firent irruption sur le quai et s'élancèrent le long du train, suivant par-dessous les wagons la fuite de l'homme. On apercevait leurs dents pointues et blanches, pendant que le maître-chien les excitait en lançant des kouèèèèh... kouèèèèh... kouèèèèh. L'homme qui fuyait sauta à contre-voie sur le ballast, et ses chevilles encaissèrent les mouvances des cailloux, il cavala sur les traverses puis sauta vers le fossé. Là, il resta blotti quelques secondes, puis sauta pour reprendre sa course désespérée. Alors dans la nuit, on vit des petits éclairs jaillir du néant pendant qu'un bruit assourdissant de machine à écrire crépitait ses cadeaux de mort. On vit l'homme tournebouler comme un lapin, puis s'affaler dans les herbes et la neige. Une vitre du train se baissa, et on entendit William, le petit garçon à la valise mauve, qui criait Douchanne... Douchanne... Douchanne... anne. Des mains l'agrippèrent et la fenêtre fut vivement remontée. Pendant qu'il pleurait, on entendit encore un coup de feu et une dame serra l'enfant qui hoquetait Douchanne... mon Douchanne. Sa voix se perdit au milieu des bruits de bottes qui couraient sur le ballast vers le fossé où Dušan était tombé. Il n'avait pas eu le temps d'apprendre au petit garçon les mots de sa langue désignant la violence et la mort.

On entendit encore plusieurs fois les chiens qui aboyaient, puis le train repartit.

Marco s'était assis à nouveau dans un coin de compartiment, en face de la bouteille de chianti qui continuait de se balancer. Ronflements et sueurs. Les hommes sentent le chaud un peu piqué et parfois, c'est comme le souffle d'une rue où l'on voudrait aller la nuit à cause des réverbères et des petites femmes aux robes bleues où se glissent des étoiles argentées. Il n'y a plus le bruit des magasins, des voitures et des percolateurs, il y a le silence et une odeur.

L'homme assis en face de Marco soufflait fort et parfois la pointe de son pied remuait légèrement. Il aurait fallu, comme les Arabes le font si souvent, venir se placer juste en face de cette bouche ouverte et écouter l'histoire de cette haleine. Ecouter et sentir, ouvrir chaque sens à la connaissance de celui-là, regarder des lèvres bouger et dessiner des mots dans un espace aérien, écouter les sons violents et vaguement rauques que la gorge projette au-dehors comme une question. Ecouter, sentir. L'odeur d'étranger n'est jamais simple. Les sons vibrent dans l'atmosphère des trains et les voyageurs savent bien que cette musique est un martèlement de pieds frénétiques, pieds-danseurs, pieds-marcheurs, pieds-bagnards, pieds-fuyards, pieds-vagabonds.

Vrai, les histoires ne commençaient jamais. Elles étaient là des milliers à se côtoyer et à véhiculer au milieu des neiges de décembre. Histoires de vieilles ruines d'hommes, de jeunes cadres qui se télescopaient dans un couloir, appuyées sur une vitre givrée ou dans un soufflet de gel, entre deux wagons de voyage. Histoires essoufflées et histoires-espoir. Marco découvrait le bonheur de bouger, de trimbaler son corps ailleurs, de l'arracher aux meubles, aux rues, à tout le familier et lui donner cet élan nouveau vers des nébuleuses de passage. Il n'appartenait plus à Mic, ni à Japhie, ni à tous ces repères de la ville d'hier. Il était déjà un autre, véhiculant dans son cerveau des promesses de perturbations.

Des accordéons d'Irlande jouaient des nostalgies au loin, tout au loin, au bout de ces rails de hasard qui le véhiculaient à 180 à l'heure dans des éblouissements de nuit. Appels de l'inconnu, hurlements des nuits lointaines, Marco était heureux de ce grand trait de transit qu'il assumait entre deux parties de sa vie.

Désormais, il y aurait avant le train et après. Après ? Il marcherait dans des villes aux briques rouges ou circulerait dans d'autres trains. Marcherait sur des bitumes craquelés et des trottoirs défoncés. Villes du nord, villes des brouillards avec charrettes passant derrière des brumes, tirées par des ânes mélancoliques.

Petits bazars crasseux où s'aligneraient des godasses d'occasion que l'on aurait cirées pour le coup d'œil. Combien ? 1 £, 2 $, 50 centimes, un rien, ruelles dépavées aux baraques vertes avec des gueules qui vous fixent, en attente de saluts, de sourires, de regards, ruelles de merde où pataugent des tireurs de voitures d'enfant où s'entasse la vie de tous les jours, hier, demain, tout est dans la carriole, salle à manger, cuisine, snack et l'argenterie, hue bourrique! A côté, sur l'autre trottoir, des avenues à néons clignotants, compagnies d'aviation. Le même monde et son envers.

Savez-vous ce qu'est une vie pour rien? Une vie où tous les rendez-vous se sont cassé la gueule sur des quiproquos, des erreurs de standardistes, des faux horaires de trains. Vies-impasses, joyeux gogos du cul-de-sac avec flics casqués qui barrent l'unique issue, entrées d'immeubles bouclées et des bourgeois aux fenêtres qui bouffent des biscuits. Vous gueulez tout au fond de votre tête des appels de vie. JE VEUX ÊTRE. Regardez-moi. J'EXISTE.

Mais vous ne savez rien de tout cela parce que sur vos agendas il y a des noms, des adresses, des épancheuses de mélancolie, et vous ne saurez jamais l'angoisse d'être différent. Les histoires ne commencent jamais et elles se haïssent. Elles se déchirent les artères avec des griffes d'amertume.

Fumez un cigare de Cuba et dites-vous bien que nos vies sont des cartes postales. Sans plus. Cinq mots, tout va bien, baisers, salut. Silence, exile and cunning.

Dans les rues qui vont des aéroports aux arcs de triomphe, il y a des fumées d'encens. Respirer. Chanter. La vie est à ceux qui savent engouffrer les mots du langage dans des regards simples. Respirer. Toucher. Les autres, vous, elle, les autres sont autour et il faut les agripper avec des tendresses journalières. Engouffrer les électrons-femmes et les électrons-hommes dans des chansons qui gueulent vers des étoiles lointaines. Rien n'est à jeter. Il ne faudrait surtout plus avoir peur d'aller dans des maisons inconnues et monter des centaines d'étages de misère ensemble. Ensemble, savez-vous ce que cela signifie ? « Nous avons miséré ENSEMBLE et je l'aime », c'est ce que disait un vieux type aux cheveux de la guerre d'avant. Et il faut que nous misérions ensemble dans des ascenseurs quotidiens.

Si un jour il n'y avait plus de mots construits, que toutes les langues d'hommes pourrissent au fond des bouches, derrière des bâillons noirs d'oppression, il faudrait bien inventer des langages de peaux et des messages codés du regard. Les yeux ne sont pas faits pour recevoir des arcs-en-ciel et des bouts de pellicules en eastmancolor, il faut dès à présent leur apprendre à émettre de longues lettres de bienvenue. Respirer. Regarder. Respirer. Regarder.

Dans les souterrains qui relient les maisons aux autres maisons, il y a des fleurs de coca qui pétillent sur des escalators et si d'un gouvernement à un autre gouvernement nous n'avons pas pris le temps de transformer notre façon de tendre la main, c'est qu'un autre gouvernement ne peut rien pour nous et qu'il n'était pas aussi important que cela qu'il ait changé.

Inventons des connivences. Ecoutons. Respirons. Respirons avant que l'air ne soit coupé et qu'ils débarquent nous ramasser étendus et blancs aux pieds de nos électrophones. Ils sont maîtres de tout. Le fric maîtrise l'oxygène. Inventons des gaz de pensée et branchons nos bouches sur d'autres bouches.

Il est urgent d'inventer des nouvelles recettes de vie qui échappent aux cartes perforées de la police d'Etat.

Respirons. Chantons.

Il faudra alors marcher inlassablement, bras tendus vers d'autres corps, bras ouverts et intercepter tous ces obus d'hommes tombés des gratte-ciel de Montparnasse.

C'était vrai. Il faudrait passer des jours et des nuits à circuler sur les pistes et les sentiers des savanes afin de traquer toutes ces ombres sorties de derrière la nuit des paupières.

Marcher. Chanter. Respirer. Regarder.

Dans le Transit-Express, Marco oubliait qui il était. Il apprenait les autres.

C'était donc vrai, il n'y aurait plus de repos.

William avait pleuré, avait écrit des mots sur un carnet, puis s'était endormi, sur la hanche d'une jeune femme.

Et c'était donc cela la mort. Un ami qui dit les mots que l'on aime, puis qui ne les dit plus. Douchanne. Plus jamais il n'entendrait prononcer ce nom. De sa valise en carton, il avait sorti l'agenda que lui avait offert son père, l'avait ouvert à la date d'aujourd'hui, et avait inscrit avec son stylo à bille :

20 décembre.
Douchanne
j'ai pleuré

Il avait réfléchi, puis barré « j'ai pleuré » et en dessous, il avait inscrit :

un jour je tuerai les militaires et
la mort n'existera plus.

Puis une fois son carnet refermé, William avait fait semblant de dormir pour échapper aux consolations que tout autour de lui on prodiguait. Mais déjà il n'était plus triste. Il fallait dès à présent imaginer la destruction des militaires, uniformes, garde-à-vous, à vos ordres mon colonel.

Désobéir. C'était cela le pire des poisons. Non/je ne ferai pas/vous avez tort/moi/je veux/ désaccord/je ne suis pas à vos ordres/

Apprendre les mots de la désobéissance : résister, ne pas céder, ne pas accepter, ne pas admettre, contester, objecter, protester, enfreindre, s'opposer, aller à l'encontre, transgresser.

Mon dieu, faites qu'il n'y ait jamais un uniforme qui me convienne, faites que je sois de la fumée que l'on ne peut attraper, faites que je sois un gaz d'homme, que j'échappe toujours aux pièges tendus par les fabricants de galons, William vous avez mérité de l'avancement je vous nomme sous-chef des sections F et G du dernier rayon de l'étage en dessous...

Mon dieu, faites que je ne sois jamais un chef avec des sourcils au front et des cigares dans la manche, je voudrais être une petite plume de canard qui vole dans le ciel avec les remous du vent et pouvoir me poser parfois sur une coque de bateau ou une antenne de télévision, jamais je ne voudrais avoir mes souliers collés aux moquettes d'un bureau avec des téléphones et des ordres à donner, mon dieu faites que je sois pollen, mouche ou planète, je voudrais tant tourner dans le rien. Ou alors, rouler dans des laves chaudes, glisser sur les cailloux des rivières en écoutant tout autour les bicyclettes faire leurs bruits de rayons... je voudrais la nuit, les montagnes, être l'homme qui vole avec les pans de son manteau bleu et que l'on salue comme le « monsieur-qui-passe-toujours ». Mon dieu, faites que je sois un passant.

Puis après une dernière vision où il vit des milliers d'uniformes défiler sur une grande avenue pendant que des hommes nus les transperçaient de balles, William s'endormit.

Orléans
Copenhague
Mayerling
Riga
Corinthe
La Mecque
Indianapolis
La Haye-Descartes
Tombouctou
Tirana
Ouargla
Sfax
Zagreb
Barbizon

Port-Louis
Bruges
Santiago du Chili
Regina
Newport
Beaumont-le-Roger
Nashville
Bombay
Prague
Sarajevo
Woodstock
Figueras
Sofia
Algésiras

Dans l'express arrivaient à s'infiltrer la fumée et les brouillards, les voitures des villes, les portillons automatiques, les ciseaux qui coupent les tulipes, les anniversaires, les sonneries de téléphone et, sur des millions de réseaux, des conversations traversant les océans Atlantique, Pacifique, des phrases codées amplifiées par satellites, pour annoncer l'amour, la fatalité, la naissance.

Il faudrait aussi étaler tous les rouleaux de téléscripteurs qui racontent le monde, le stade de Santiago, la fête des jonquilles à Gérardmer. Parler de ces quelques autres histoires qui s'ébauchent ou aboutissent dans le fossé d'à côté ou à Pnom Penh, juste à côté de l'hôtel Providence, là où il y a une place avec trois fontaines roses. Laisser une infime partie de ce grand désordre venir s'inscrire sagement sur des feuilles de papier bien propres qui, elles aussi avaient déjà une histoire. Ecouter ceux qui écrivent aux journaux pour raconter leur spectacle de l'injustice.

Fait divers

Je suis révoltée. J'habite dans une cité ouvrière à Montreuil et voilà ce qui s'est passé.

Jeudi 8 mars 1973 à 20 heures en s'amusant, un enfant a enfermé une camarade à clé, chez elle. Quand les parents sont rentrés le soir, la petite fille était derrière la porte, qui pleurait. Le père frappe de toutes ses forces et menace sa fille de la tuer si elle n'ouvre pas la porte immédiatement. Elle avait 12 ans, et les menaces de ses parents lui ont fait faire un geste horrible. Oui, elle s'est suicidée en buvant de l'eau de Javel. Je vous l'écris, parce que j'ai mal d'entendre cela, et je veux qu'on le sache. Pour qu'on ne dise pas que c'est un accident, comme quoi la petite fille se serait trompée de bouteille, elle aurait cru que c'était de la citronnade.
C'est la faute à qui ?

(*Actuel* n° 30, avril 73)

Découper un morceau du cerveau de Daniel Biga et l'étaler ici, coincé entre quatre épingles comme une chauve-souris éventrée.

Quand on voyage on se rend compte
il y a tant de terre de bâtisses et d'hommes
les journaux les livres mentent
ou disent peu de choses
car qui peut prétendre à l'incernable ?
(ce qui ne se réduit pas)
De tout ce que j'ai appris que me reste-t-il ?
Rien de précis La vie est longue
et l'on ne pourrait porter ses souvenirs
La vie est longue et indécise
Les années entrent les unes dans les autres
s'amoncellent confondues
Moi le Monde s'en fout
Quel bonheur !
Je descendrai le Mississippi
pour rencontrer Tecumseh le Puma
comme avant

(*Oiseaux mohicans*)

Ces petits mots griffonnés sur un papier journal, arrivés du fond de la solitude, depuis l'autre monde de l'asile.

> J'ai beau serrer les poings...
> Crier rouge, comme un blessé,
> qui retient mon ventre.
> Ma solitude est quand même.
> Cette cellule (grise !) de « colin »
> Ou j'inscris ma vie.
> Mes rebellions... Ces gens de souffrance,
> d'vexations, d'humiliations...
> Mon espérance... de médecin chef
> Que je ne vois jamais, mais auquel...
> J'implore ma grâce.

Dans les photomatons, les machines à imprimer les visages faisaient leur travail de révélation, puis fixaient sur des papiers provisoires des bouches, des cheveux, des regards et des épaules. On pouvait supposer que toutes ces petites cabines à photos, que l'on voyait dans les halls de gares, les entrées de cinémas, les couloirs de métro étaient toutes reliées à un émetteur géant fixé sur le mont Palomar, à côté des grands télescopes, et qu'il envoyait dans l'espace les visages des terriens. Visages apeurés, figés, froids, immobiles, visages de cire, plats, avec des gris et des blancs, des ombres, des plis, visages éblouis par quatre lampes flash, qui attendaient.

Les machines à calculer des drugstores imprimaient leurs chiffres, des étoiles, des codes, l'encre violette inscrivait des dates, des pourcentages, et les petits bouts de papier devenaient notes de restaurant et partaient dans un sac en raphia, ou étaient transpercés par un clou géant, en attendant d'être remboursés en notes de frais. Au verso, les sigles s'expliquaient.

RE = RESTAURATION
CA = CAFÉTÉRIA
CO = CONSOMMATIONS
AL = ALCOOLS
PR = PRESSION
% = SERVICE

Partout sur des murs, des portes, des couloirs, des pancartes, les mots interdisaient.

Pelouse interdite.

Interdit aux moins de 18 ans.

Affichage interdit (loi du...).

Il est interdit de monter dans un train en marche.

Il est interdit d'empêcher le fonctionnement du portillon automatique.

Vente ambulante interdite.

L'entrée de l'immeuble est interdite aux démarcheurs.

Entrée interdite.

Sens interdit.

Interdit de séjour.

Propriété privée, interdiction d'entrer.

Auto-stop interdit.

Il est interdit de fumer.

Stationnement interdit.

Verboten.

Prohibited.

Défense d'uriner.

Interdit aux nomades.

Jardin interdit aux moins de quarante ans.

Livre interdit.

La loi du 11 mars 1957 interdit les copies ou reproductions destinées à une utilisation collective.

Duplication, exécution publique, radiodiffusion de ce disque, interdites.

L'entrée de ce magasin et interdite aux chiens, même tenus en laisse.

Pourboire interdit.

L'usage du klaxon est interdit.

Interdiction de pêcher.

Baignade interdite.

Interdit d'interdire (mai).

Au bord d'un highway du Nevada (U.S.A.), à 4 h 23 du matin, un jeune homme de 29 ans est assassiné par des centaines d'automobilistes. En panne d'essence depuis la veille, il fait des signes désespérés à ses frères de chevauchée. Vaincu par le froid et l'indifférence, il se tire une balle de 22 long rifle dans le cœur. La police le retrouve quelques heures plus tard dans sa voiture couverte de givre.

A Saint-Denis (France), un couple de retraités se suicide aux barbituriques et au gaz. Une lettre est retrouvée sur la table, au milieu des factures, formulaires, correspondance administrative, sommations...

> Nous croyions que le bonheur allait arriver après avoir vendu notre boucherie. Mais depuis trois mois, aucun acheteur ne s'est décidé et l'administration nous réclame la patente d'un million à verser dans le mois suivant. Nous ne pouvons plus. Nous avons essayé de discuter, d'expliquer que nous étions maintenant en retraite, que nous ne pouvions pas payer... il n'y a rien eu à faire. Alors...

Des canalisations se rouillaient à vingt centimètres sous le macadam des avenues. Elles transportaient le gaz, l'eau, l'énergie électrique, des marteaux-piqueurs labouraient les villes pour leur faire pousser des arbres en béton, des presses fracassaient la tôle pendant que deux chaînes retiraient toutes les dix secondes les deux mains d'homme qui l'avaient posée, des ordinateurs ordinaient dans des sous-sols-coffres-forts, des femmes déféquaient sur des vitres pendant que des hommes en astrakan les regardaient en dessous, des émissions TV s'ampexaient, en Libye des livres brûlaient, en Allemagne, on continuait d'enterrer Hitler, des ministres ordonnaient et continuaient de vivre dans l'œuf du pouvoir et écoutaient au travers des coquilles les chocs atténués des cris lycéens, des Indiens fumaient du peyotl, d'autres assiégeaient Genou-Blessé, Crumb dessinait, des automobilistes se rencontraient pour la première fois à Pont-Saint-Esprit et mouraient à la seconde même, entortillés dans leurs sexes de tôle.

Dans une ville quelconque, Mic, personnage de roman pleurait en même temps qu'une multitude d'autres femmes de la vie parce que l'homme qu'elle avait cru retenir s'était perdu au milieu du bruit, de la vitesse et des éclairs de l'orage.

NUIT : 3 h 18 wagon 34.

Lui, il ne voyait rien, ne dormait pas et lançait de temps à autre un grand coup de respiration. Comme un sanglot. Il s'appelait Bud et avait dans la poche de son blouson de cuir une lettre d'engagement signée par la société « Masson & Forestier ». Une lettre qui l'invitait à se présenter lundi 10 à huit heures devant les bureaux de l'embauche. Une sacrée lettre qu'il avait attendue des semaines comme un cancéreux suspendu aux lèvres du médecin qui va lui donner le nom de sa maladie. Sur l'enveloppe, il y avait son nom tapé à la machine, et au coin un timbre imprimé en rouge au nom de « Masson & Forestier Company ». Il l'avait ouverte en prenant un grand crème au café Foix pendant que le patron lui disait, alors Bud, c'est une petite qui te veut du bien ?

« Tu parles d'une petite, elle doit avoir les cheveux rasés et une tonne de graisse sur le bide. »

Bud avait ensuite marché dans les rues du village en se disant mille fois qu'il n'irait pas chez « Masson & Forestier ». Exploité sûrement. Ils parlaient du logement assuré avec la communauté de l'usine. Sans doute un préfabriqué avec une chiotte pour cinquante et une douche crasseuse avec l'eau chaude qui n'arrive jamais. Et puis cette ville inconnue. Saloperie d'existence, il faudrait se lever tous les matins avant le soleil, ne pas s'étirer, enfiler à toute vitesse les loques de la veille, uniformes de travail avec la sueur et la crasse collées comme la misère.

Il avait pensé à tout ça Bud, et il était tourmenté encore, là, cette nuit, dans l'express qu'il avait bien dû prendre tant son père l'avait tanné. Il savait déjà qu'un matricule s'était déclaré quelque part sous les caractères glacés d'une machine à écrire électrique et qu'il allait être une des innombrables pièces du puzzle que formait un décor de ville. Lui, Bud, avec ses cheveux roux et sa démarche dandinante de pécore de l'Est. Une petite tache rousse et bleue qui allait se trimbaler devant des vitrines et sous des fracas de métros aériens.

Et puis cette nuit, tout à l'heure, il y avait eu ce type descendu par les uniformes. Pourquoi Bud avait eu l'impression, quand les balles avaient claqué, que c'était lui qu'on transperçait. Communion des souffrances, un homme mutilé – je ressens. Un homme torturé – je ressens. OK.

Et maintenant éclairs multiples des instants privilégiés autour de l'électrophone avec Marie, Adeline ou Bradley.

I'm so tired of violets
take them all away.

C'est drôle un paysan qui débarque dans une gare internationale avec haut-parleurs, panneaux électroniques de départs et arrivées, escalators, porteurs, t'as pas une cigarette. Des yeux ahuris demandent le car. Quel car ? Le 75 et le 93 sont sur la place Victoire à gauche en sortant. Non le car pour l'embauche de « Masson & Forestier ». Quoi ? Allez au bureau des renseignements, j'suis pas hôtesse moi !

Mariage d'amour mariage d'argent
J'ai vu se marier toutes sortes de gens

Restait le taxi. Trajet de riche. Bud, la casquette enfoncée, ne voudrait pas que le chauffeur mette sa valise dans le coffre, il la garderait serrée entre ses jambes.

« C'est la première fois ?

– Oui.

– Masson & Forestier, c'est les travaux publics ?

– Oui, les travaux de route et les maisons aussi. »

Et il y aurait tout autour des vitres du taxi le défilé des magasins, des boulevards et des carrefours. Une banlieue pourrie avec du brouillard et de la boue. Trois billets du portefeuille pour payer. Le pourboire ! Vous venez jusqu'au bistrot, ça m'aidera. Le premier verre au comptoir du café en face de l'embauche. Des grilles là-bas, bureaux grillagés, petite cabane à l'entrée. Caserne. Un verre de vin blanc pour faire comme le chauffeur. La honte du café au lait.

Crazy John, where you gonna run to today ?
Crazy John, so early to be up and away,
They never can hear you, John, so how can
[you teach them ?

Sûrement à cette heure, la mère versait du café moulu dans la grosse cafetière en inox, et qu'elle attendait assise à côté de la cuisinière que l'eau passe. Une vieille robe de chambre bleue et les cheveux en épouvantail.

Le chauffeur repartirait. Alors il faudrait attendre huit heures et avancer lentement, la valise à la main, vers le bureau d'embauche.

« C'est pourquoi ?

– ...

– Vous avez la convocation ?

– ...

– Allée 4, bureau 312. Maniez-vous. »

Pourtant il faudrait ne rien dire, ne pas répondre, ne pas s'emporter, ne pas dire comme un éclair « je suis Bud et je t'emmerde abruti... » Accepter. Les conditions de survie dans la ville étaient basées sur les apparences. Ne rien dire.

Dans l'express Bud, cette nuit-là, ne pouvait pas dormir. Trop d'incertitudes l'attendaient à cet arrêt fatal où il faudrait bien descendre et glisser son ombre d'homme sous le rayonnement pâlot des néons.

T'es tout'nue
Sous ton pull
Y a la rue
Qu'est maboul'
Jolie môme.

Natche était allongée sur le côté. Son père dans la couchette d'à côté ronflait lorsqu'il était sur le dos et elle le regardait, scrutait chaque parcelle de sa peau. Ce père. Cet homme. Un homme. Une lumière violette découpait le visage aimé et la musique des roues de l'express provoquait un agréable fourmillement dans tout le corps.

jamais je ne truquerai, quand je voudrai ou désirerai quelque chose, je le dirai et le ferai savoir, je veux la transparence, ne pas être obligée de mentir ou omettre pour avoir la paix, mes amours seront cosmiques, à travers ces rencontres folles je mettrai toute mon énergie et me laisserai aller à mes phantasmes les plus secrets, secret sera un mot banni, mensonge également, dissimulation, conte, fable, flatterie, imposture, ruse, faux témoignage, faux-fuyant, je veux qu'ils puissent regarder en moi, savoir ma méchanceté, mon intelligence, ma sensibilité, mon savoir, mon érotisme, ma peur, ma mesquinerie, ma laideur, je veux que l'on sache ce qu'est un être humain et qu'il n'y ait plus tous ces petits remparts d'intimité qui cachent l'horreur, voyez le monstre, nous sommes effrayants, installons cette terreur d'où sortiront des milliards de soleils.

Natche pensa alors à Lucio son amour du moment, il avait seize ans, comme elle, et voulait devenir médecin aux pieds nus. Comment réagirait-il quand elle lui annoncerait que depuis quelques jours, elle avait envie de faire l'amour avec son père ?

SAURIEZ-VOUS voir tous ces paumés. Serrés les uns contre les autres, comme lorsque vous êtes dans un wagon de métro, ou sur le trottoir devant un cinéma qui fait recette. Le même homme éclaté à des milliards d'exemplaires. Traqués, peureux, frileux, hâbleurs, dingues, ils se ressemblaient tous avec seulement des tissages sur la peau aux couleurs différentes. Il aurait pu y avoir votre libraire, le petit brun qui sert les expressos au bar américain, la lingère du pressing qui demande toujours si on a rapporté le tiquet, votre fils, votre copain du régiment qui était de Sail-sous-Couzan et qui avait serré la main à Duke Ellington. Vous. Moi. Tous semblables, fronts brillants, cheveux, orbites où sont collées des billes molles, démarches, poils, peaux, ongles, envie de baiser qui tiraille les tripes, égarements/fumée, égarements/alcool.

Prenez des miroirs d'époques différentes, colorés, brillants, mats, déformants, grossissants, mettez votre visage au travers et vous verrez ces gueules du voyage telles que vous, déformées, défoncées, étranges étrangers. Voyageurs, passants, ils ne sont rien, feuilles d'arbres détachées, ils peuvent se réveiller dans un monde d'ondulation ou de musique, transformés. Ne plus être vigilant, laissez le monde-fleuve vous ballotter comme des bouts de planches qui flottent sur les eaux sales aux sorties des villes. Regardez-les, corps droits, jusqu'au moment où la fatigue les affale les uns contre les autres, sans retenue, peaux à peaux, souffles à souffles, tu es là, je te touche, sensations, ta chaleur, je pourrais t'aimer, ton visage, ton odeur, respiration hard, tu bouges, rêve, l'express et tout son chargement trans-ordures fonce dans le futur, sonnerie, quelle gare, mais non, il fait nuit, dou gou dou gou dou, tunnel, la tête penche vers l'avant, sur le côté, vers la tête, c'est ta main sur ma cuisse, vous allez loin...

TROISIÈME PARTIE

GARE, RODA, GÉRONIMO

Où es-tu Clo? J'imagine tes seins, tes hanches et ton claquement de mâchoires quand tu dis « on va manger ». Partie sur d'autres rails, sans moi, un autre voyage où pour pouvoir exister tu me raies de la carte de ta vie. Créer. Tu crois toujours que la création est intelligence alors qu'elle n'est qu'intuition, sensation et transparence. N'oublie pas cela, la transparence. Tu es création si tu sais voir au travers de tes douleurs et de tes plaisirs. Oublie les conventions, les règles, les institutions, les livres de classe, tu es la nouveauté.

L'EXPRESS s'arrêta et il y eut une gare avec une coupole en verre qui protégeait les trains de la neige et de la pluie. Des haut-parleurs grésillaient, des petits tracteurs verts klaxonnaient, des porteurs interpellaient. Les voies ferrées se terminaient devant le buffet, les kiosques et les marchands de saucisses. Au milieu du quai d'arrivée, une horloge avec des aiguilles immenses qui tombaient d'une minute chaque fois et qui tremblaient, secouées par le vent.

Il faisait froid, et c'était le matin. Les lumières paraissaient un peu trop vives et les femmes des boutiques étaient déjà rougies par l'air malgré les écharpes qu'elles s'étaient enroulées autour du cou. Mais derrière les fumées, les piles de journaux, les tourniquets de cartes postales, elles souriaient, parlaient avec beaucoup de gentillesse aux voyageurs. Le train qui venait d'arriver restait une demi-heure à quai et c'était le moment de bien commencer la journée.

Des valises, des malles. Les tracteurs tiraient des chariots remplis de bagages, de fret, de colis. Des centaines de personnes guettaient les arrivants. Elles s'étaient levées dans la nuit, à peine lavées, juste un peu d'eau sur les yeux et, emballées dans de grands manteaux, elles sautillaient sur le quai. Certaines allumaient leurs premières cigarettes, d'autres sentaient déjà le rhum et le café. Une femme tenait des enfants par la main, et dans ses bras une petite touffe de laine bleue et blanche d'où émergeait une frimousse rose qui dormait. Ils étaient là tous les cinq attendant un homme : père et mari. Il rapporterait dans sa valise des pains d'épice, des cigarettes en chocolat et peut-être des réglisses. Pour la femme, il y aurait un collier en perles peut-être fausses et six mouchoirs brodés. Il reviendrait d'un travail de l'autre côté de la frontière, après trois mois d'absence.

Il y avait aussi une femme d'une quarantaine d'années qui était restée à faire des signes devant la locomotive électrique. Elle serrait d'une main le foulard gris qu'elle avait sur la tête, et de l'autre faisait des baisers et des signes d'impatience... Un homme sur le quai courait, il était jeune et ses cheveux étaient rasés. Il portait une valise en carton. Avant de s'embrasser, ils se sont regardés, examinés, puis il posa la valise marron et serra la femme contre lui. Pendant qu'elle blottissait sa tête entre son cou et son épaule, l'homme regarda autour de lui, puis baissa les paupières. Il y avait un peu de larmes qui perlaient au coin des yeux et tombaient doucement sur des joues amaigries.

Des animaux aussi étaient là qui attendaient. Des chiens, des chats qui étaient excités sans savoir très bien quelle tête humaine allait arriver, mais ils étaient prêts à faire une fête, à crier, à sauter un peu pour que l'arrivant sache bien qu'il était attendu et que la maison était triste sans lui.

Un vieux attendait en bourrant sa pipe avec un

tabac gris qu'il extirpait d'une blague. Il avait mis son béret et une gabardine grise. Ses yeux rougis par la conjonctivite fixaient chaque tête, chaque corps qui sortait de ce train. Il n'était pas bien sûr de reconnaître celui ou celle qu'il attendait. Peut-être n'était-il pas certain que quelqu'un arriverait, mais c'était bon d'attendre quand même.

Au buffet de la gare, il y avait les cafés, les cacahuètes et les croissants. Des personnes seules, tout en serrant une valise entre leurs jambes, trempaient des brioches et, de temps en temps, regardaient la pendule accrochée au-dessus de la machine à café. Une radio jouait vaguement quelques chansons entraînantes entrecoupées d'informations, de météo et d'astuces destinées à bien commencer la journée. Optimisme, entrain et bonne humeur, telles étaient les consignes destinées à faire croire que cette journée-là serait une fois de plus exceptionnelle.

Les conversations de retrouvailles se croisaient, s'emmêlaient et se répercutaient sous la grande coupole en verre de la gare.

« Alors, comment c'était...

– tous les jours lever sept heures un temps pourri la pluie l'humidité et les enfants ?

– ils disaient souvent quand est-ce qu'il rentre papa à Noël on avait installé ta place ton assiette tout on a gardé les cadeaux tu verras

– et les vieux ils réagissent comment

– ta mère elle lit plus les lunettes trop vieilles alors elle regarde les voitures toute la journée elle est derrière son carreau elle attend

– c'est bon de te serrer de te sentir on f'ra l'amour

– chut les enfants comprennent un peu t'es pressé hein.

– pas toi

– si si bien sûr   les femmes ça supporte mieux

– tu voudr

. . . .

– tu as vu   même Picwick est tout heureux de te revoir... hein Picwick ?   regarde sa queue

– doucement le chien doucement   on est heureux de retrouver son maître   mais oui c'est ça   attention salaud t'as les pattes dégueulasses

– t'as le pardessus tout sale   ça fait rien ça sèchera ça fait depuis hier qu'il tourne comme un lion en cage   tu sais il a tout compris   d'instinct il savait que tu allais revenir hier soir il n'a rien mangé   il allait sans arrêt de ton fauteuil à la chambre   si tu l'avais entendu gémir cette nuit il

. . . .

– alors il fallait que tu reviennes déjà tu n'pouvais pas attendre non

– c'était prévu

– non on s'était dit trois semaines au minimum et ça fait deux semaines que t'es partie

– deux semaines et demie

– si tu veux   mais ton retour ça ne veut rien dire pour moi rien n'est changé   c'est comme si je n't'avais jamais connue   maintenant j'ai l'impression que l'étau s'est desserré que je respire mieux qu'avant   que tout peut arriver

– bon   j'ai un train dans deux heures je préfère repartir

– ben non puisque t'es là   viens jusqu'à la maison on discutera quand même   t'as fait l'amour là-bas ?

. . . .

– mon amour

– ...

– mon petit bonhomme
– ...
– ma chérie
– ... putain c'était long !

Chers parents,

Je viens d'arriver. A la gare beaucoup de monde. Je bois un café au lait près du comptoir et j'écris sur une table un peu sale. Il y a du bruit et des billards électriques. Il faut économiser et je ne jouerai pas. J'ai continué le livre que vous m'avez acheté la semaine dernière. Bonjour à Jan et Dounette. Quand vous les verrez, dites leur que j'ai fait la connaissance d'un étranger et que je connais les mots d'une autre langue, c'est drôle. Il y a eu du malheur, mon ami s'appelait Douchanne et ne dit plus des mots inconnus. Les gens du train ne parlent pas beaucoup. Ils marchent et se croisent dans les couloirs, fument des cigarettes et regardent au travers des vitres.

Ici, il y a des hommes et des femmes qui boivent des cafés et des serveurs en habits blancs et noirs. Une femme près de moi boit un thé et elle traîne un petit chat avec une laisse. Elle voulait qu'il boive du lait dans une soucoupe mais il n'a rien voulu. Je crois qu'il a eu peur des néons et du bruit de la porte tournante... Les Weibb ne sont pas venus m'attendre, je les attends. Pourvu qu'ils ne leur soit rien arrivé avec la voiture. Souvent des haut-parleurs annoncent des départs de trains et j'ai envie de partir à nouveau parce qu'il y a au bout des jolis noms de villes. Avant de me servir mon café au lait, le serveur, le plus vieux des deux, m'a demandé si j'avais bien l'argent pour payer. J'ai sorti les billets de ma poche gauche, les petites coupures bleues et il est parti rassuré. Normalement quand on a très soif, même si on n'a pas d'argent on devrait être servi non ? Il n'aura rien en pourboire. Des jeunes sont entrés et ont demandé des verres d'alcool, c'est curieux. Ils avaient des cheveux presque rasés et l'un d'eux semblait triste avec sa chemise à carreau ouverte sur un collier en corne jaune. Peut-être il avait froid. Je voudrais bien savoir où vous serez quand vous recevrez cette lettre. En ce moment, je sais que vous dormez dans la chambre que je connais bien et à côté, il y a mon lit vide, les draps et les couvertures tirées. Dans la maison, c'est comme si je n'existais plus.

Je pense bien à vous. Je vous aime tellement.

William.

Parfois quand même, je vous déteste parce que vous êtes sérieux.

AU buffet, une jeune femme qui s'appelait Roda, fumait une cigarette mentholée. Elle avait pris auparavant un thé-citron, et, après avoir posé sur la table trois pièces de monnaie argentées, attendait le signal des haut-parleurs. Certaines personnes avaient déjà dit autrefois, qu'il y avait de la folie dans ses yeux. Roda aimait le bruit, les courses de lévriers et les rats. Parfois, elle aurait aimé être reine des rats, d'autres fois, elle peignait sur des murs ou des vieilles carrosseries, des cris de couleurs, parfois encore, elle s'enfermait et lisait tous les livres, s'arrêtant de temps en temps comme si à côté un enfant pleurait, réveillé par un cauchemar.

En tirant des bouffées de sa cigarette, Roda regardait les gens autour, écoutait et se sentait bien au milieu de cette foule frénétique qui s'agitait de tous côtés. Cette nuit, avant de mettre ses habits de voyage, elle avait fait l'amour au Grand Hôtel de la Comète, sur la place de la gare, avec un voyageur de commerce rencontré le soir même dans une pizzéria. Elle sentait encore dans son ventre le va-et-vient de l'homme de tout à l'heure et elle était heureuse qu'il ne lui ait pas dit son nom. Elle aimait qu'un homme se confonde dans son sexe et que son souvenir ne soit que ce membre durci qui ne demande qu'à coulisser. Un objet et un rêve. Roda se leva pour mettre une pièce dans le juke-boxe, une chanson avec des stridences électriques et une voix rauque. Elle écouta la musique qui lui faisait tout oublier. Debout contre la boîte, comme une habituée, elle se déhancha légèrement et revint à sa table. Des hommes autour la regardaient et auraient voulu la toucher, ou seulement qu'elle fixe une seconde son regard sur eux.

« T'as vu la gonze, c'est une comme ça que j'me f'rais bien pour les samedis. »

La jeune femme ralluma une autre cigarette mentholée et appuya le rythme de la chanson en frappant sur la soucoupe avec la petite cuiller. Elle regarda l'affiche qui conseillait « Voyagez en train », puis sortit une glace de son sac à main. Elle se regarda sans faire aucune grimace de bouche. Ce n'était pas son maquillage qui l'intéressait, mais elle, derrière son petit rempart de poudre, crème, fond de teint. Elle, avec toutes ses imperfections, sa mélancolie et son envie de tout pousser à l'extrême. Elle aimait les situations où les personnages sortaient de leur attirail de convenances, de leurs bonnes manières. Elle aimait la colère, la passion, tout ce qui allait au-delà des mots de salons. Elle rangea sa glace et resta en attente.

Les haut-parleurs annoncèrent un départ d'express, et après avoir enregistré dans sa tête le numéro du quai, elle se leva. Elle n'emportait que ce sac d'où elle avait sorti sa glace. D'autres personnes se levèrent également, valises, sacs, baisers, mains serrées. La tension monta d'un cran, et un des garçons de salle mit dans sa poche les pièces argentées que Roda avait posées sur la table.

En déchirant le ticket de la consommation, il aperçut qu'elle avait écrit au verso, avec un stylo à bille,

AMOUR
AMOUR
AMOUR .
T

Il jeta le papier à terre, vida le cendrier et passa un coup de lavette sur la table qui devint à nouveau convenable pour un autre client.

La jeune femme monta dans un wagon. Elle chercha une place près du couloir, de manière à pouvoir se lever souvent, marcher, fumer, rencontrer sans avoir à déranger quelqu'un. Le chef de gare était sur le quai. Les contrôleurs discutaient, faisaient semblant d'être préoccupés par tout autre chose que le départ du train, puis, sans coup de sifflet, sans annonce, l'express démarra doucement. Les contrôleurs attendirent alors qu'une portière passât à proximité, et comme au temps des ramasseurs de tickets sur les auto-skooters, ils sautèrent négligemment sur une marche en bois et profitèrent encore quelques instants du petit danger.

Qu'est-ce qu'il y aurait à dire sur Roda-jeune-femme-du-voyage. Qu'elle avait connu la richesse, la splendeur, les diamants et les émeraudes, les valets en habits, les vacances en palaces, les vitres fumées des grosses voitures anglaises et les fontaines en mosaïque bleue d'un harem turc. Elle avait connu aussi des hommes qu'elle avait aimés, un beaucoup plus que tous les autres, des femmes aussi, elle avait dansé, écrit, peint, chanté, entraîné, racolé, bu, s'était promenée nue dans une rue à grand trafic et avait voulu mourir un soir de décembre parce qu'elle avait froid. Roda était tout cela et des millions d'autres choses qu'on ne peut ni savoir, ni inventer.

Elle était entrée comme tout le monde dans une multitude d'histoires qui s'étaient entrecoupées, chevauchées, et chaque fois, elle avait laissé des traces d'amertume, des spontanéités, des plaisirs. Elle avait décrit sur toute la planète une danse folle d'amoureuse et jamais elle n'était revenue vers un endroit ancien. L'amour n'était jamais hier, il était aujourd'hui. Elle savait injurier et jurer dans une multitude de langues et de dialectes et aurait pu, les yeux fermés, reconnaître chaque ville à son odeur.

Elle n'avait pas trente ans et savait qu'aujourd'hui ou demain elle pourrait mourir sans qu'à la dernière seconde il puisse y avoir de temps pour le regret. Elle aurait rencontré la mort comme un sexe de plus qui s'enfoncerait une dernière fois dans son corps. Le voyage d'aujourd'hui n'était qu'une tache délirante dans le coin d'un tableau. Un long pas de danse ou un solo tout à fait inattendu de cor de chasse au milieu d'un orchestre de chambre. Elle partait parce qu'elle avait fait le tour de cette ville-ci et qu'elle n'avait plus envie de rencontrer un visage déjà vu ou déjà embrassé.

Roda prit des cigarettes dans son sac et sortit dans le couloir. Des arbres, des maisons, des jardins, des champs. Elle aurait aimé parfois tirer le signal d'alarme, s'évader dehors et courir cinq minutes dans une prairie, saluer un vieil homme dans la rue ou embrasser un poney qui s'ennuyait dans un clos. Rentrer dans une maison. Des plaques de neige décoraient le paysage et des corbeaux par centaines sondaient des mottes de terre.

Elle marcha vers la queue du wagon, là où il y avait un homme qui fumait. Elle lui demanda du feu. Elle aspira quelques bouffées avant de dire merci, puis elle revint à sa place. Elle savait qu'il aurait fallu parler, dire quelques banalités, parler voyage, les trains, les horaires, l'exactitude, l'hiver, quelqu'un vous attend, distractions, affaires. Elle n'avait pas envie de parler tout de suite. Il fallait d'abord se laisser aller aux rêveries du tabac, au rythme des roues, aux bousculades des voyageurs se rendant aux toilettes ou au wagon-restaurant. Roda, maintenant, ne voulait pas des mots, seulement les former dans sa tête, les écouter et puis sourire parfois pour une rencontre inattendue.

Le contrôleur arriva en se dandinant. Casquette bleue, trois étoiles jaunes, sacoche, pince en laiton. Il trimbalait à nouveau sous son bras ses cahiers et ses registres protégés par des gaines plastiques. Il réclamait les billets, regardait les visages, interrogeait, notait. Vous venez de monter, vous êtes seule, vous voyagez souvent en train, pourquoi aujourd'hui êtes-vous partie, ferez-vous des escales, avez-vous des bagages, c'est votre nom Roda D., non Day, D.A.Y., pourquoi fumez-vous, vous allez à Termend, êtes-vous déjà allée dans cette ville, je vous reverrai avant votre descente, au revoir mademoiselle.

Il serait alors possible que les deux personnes de cette histoire-ci se rencontrent dans le couloir, à la prochaine cigarette mentholée que Roda allumerait. Alors, elle attendrait quelque temps encore, rentrerait dans son compartiment, fouillerait dans son sac, ferait un sourire à l'homme assis à côté d'elle et qui lirait un roman policier, puis reviendrait s'appuyer à la fenêtre du couloir. Là, elle sortirait à nouveau une cigarette et irait au fond du wagon, là où se trouvait l'homme qui avait du feu. Elle parlerait de Roda, il parlerait de Marco et, chacun leur tour, dessinant sa vie, ses nostalgies, embellirait, dramatiserait, pour mieux faire passer la joie ou le chagrin.

RODA COMMENCERAIT :

Vous ne saurez jamais si ce que je vais vous dire est la vérité, ou une complaisance que je m'offre.

J'ai beaucoup voyagé et j'ai connu le luxe et la pauvreté. Un matin, ma mère me demanda comme d'habitude d'aller chercher le lait au magasin du coin de la rue. Et je suis partie vers l'embranchement de l'autoroute. Moi aussi, j'en avais assez des tais-toi, regarde pas ce type, salope, te touche pas t'auras affaire à moi... Un homme m'a emmenée dans sa voiture, il a voulu faire l'amour après dix minutes de voyage, et moi je ne voulais pas, alors il a arrêté sa voiture et m'a dit de descendre. Il est reparti. Celui d'après était plus jeune et il a attendu vingt minutes pour me demander, cette fois j'ai accepté, j'avais très envie de continuer le voyage. Je suis restée une semaine chez lui. En allant au cinéma un soir, des policiers m'ont reconnue et m'ont ramenée à la maison. La deuxième fugue fut la bonne. Je ne revis jamais ma mère ni mon père, et c'est alors que commença la dinguerie sur tous les chemins du monde. Mais cette partie-là de ma vie n'a pas beaucoup d'importance, elle est là, je sais que je peux la toucher, mais je n'ai pas envie d'en parler. Si vous voulez me connaître, je peux vous dire que j'aime le froid, l'électricité et les orchidées. Que moi, je monte dans un train non pas pour fuir, mais au contraire, pour m'accrocher à la seule chose qui soit possible de supporter aujourd'hui, le mouvement. Tout ce qui m'intéresse est ce qui est en train de se faire, se défaire, s'épanouir ou crever. Je hais tout ce qui s'entoure d'un cadre, ou se protège d'un habit vert, d'un sabre ou d'une médaille. Je déteste la photo d'art, j'aime le reportage, le bruit et les bavures. Vous connaissez ce disque où un trompettiste se fend la lèvre pendant l'enregistrement. Tout un morceau a une sonorité particulière parce qu'un petit bout de peau sur le coin d'une lèvre dévie le souffle normal du musicien. Ça, les profs de conservatoire ne peuvent jamais le prévoir. J'aime tout cela. J'aime que vous me racontiez dans un train, sans que nous nous connaissions, vos masturbations, que vous parliez de l'enfant prophète que vous étiez. J'aime l'amour, ni ce qu'il y a avant ou après, seulement l'instant de la bestialité où les deux partenaires sont braqués vers cette finalité qu'est la jouissance. A ce moment seulement, les hommes se rassemblent et oublient pendant quelques secondes tous les garde-fous et les rambardes qu'on leur a enseignés.

j'aime le feu et les cyclones
j'aime les express qui déambulent
j'aime les livres-brûlots
j'aime les soleils qui aveuglent
j'aime les couleurs qui rendent fou
j'aime ceux qui risquent
j'aime le jeu
j'aime les fous de vie qui défient le monde

Roda ferme les yeux,

j'aime celui qui ne sait plus
j'aime celui qui va prendre

j'aime celui qui allume
j'aime celui qui ment
j'aime celui qui arrache
j'aime celui qui invente
j'aime celui qui trahit
j'aime celui qui a mal
j'aime celui qui marche.

Alors je vous assure qu'il faudra s'encrer les pieds et les yeux de rouge phosphorescent et tracer les lettres grandioses du mouvement, pour que les autres planètes sachent qu'ici on a découvert la vraie science des signes.

PEUT-ÊTRE EST-CE CETTE LETTRE GÉANTE, TRACÉE PAR UN VOYAGEUR FOU, QU'ATTEND QUELQUE PART UN DIEU GALACTIQUE POUR ENFIN AJUSTER SA VUE À NOTRE PLANÈTE ET SE DÉCIDER D'Y INCLURE, UN CERTAIN MATIN, LA JOIE DU BOULEVERSEMENT.

Roda resta un moment agrippée à la barre d'appui de la fenêtre, les yeux fermés. Marco pensa qu'elle pourrait tomber et oublier qu'il fallait encore tenir les jambes raides pour rester debout. Il lui passa un bras autour des épaules et la serra contre lui. Son cœur battait à défoncer les parois et il entendit une grande clameur qui parcourait ses veines aussi vite que l'électricité. Il tourna la tête vers Roda et au-delà de ses yeux, il se vit beau et géant. Pendant quelques secondes, il pensa qu'il était heureux.

Macao
Peshawar
Plonéour-Lanvern
Bratislava
Argelès-sur-Mer
Surabaya
Katara Gama
Irkoutsk
Paris
Chicago
Tel-Aviv
Moscou
Trois-Rivières
Reykjavik
Tijuana
Baalbek
Vientiane
Nagasaki
Rangoon
Casteljaloux
Des Moines
Almeria

DANS le dernier wagon, celui qu'on pouvait détacher, oublier, et réservé aux voyageurs de catégorie 3, les pauvres, les exilés, les émigrants, les saltimbanques et les animaux gais, on put entendre des sons d'accordéon, de flûtes et de casseroles. Dans ce wagon, il n'y avait pas de fenêtre, sinon des lucarnes donnant sur le ciel. Et il y avait une grande ambiance au milieu des matelas et des sacs. Lou chantait debout sur deux valises servant d'estrade, quelques femmes dansaient. Elles avaient ôté leurs manteaux, leurs vestes et levaient les bras en l'air. Certaines étaient belles, avaient de longs cheveux et des robes multicolores. Les hommes dansaient, fumaient et claquaient dans leurs mains ou sur des casseroles. Quelques vieux étaient allongés et tiraient sur des calumets ou des pipes en terre.

Lou avait une voix de titi, gouailleuse et chaude, et il étirait les mots comme des caresses qui n'en finissaient pas. Le salaud! Souvent la foule formait un chœur et reprenait les phrases de la chanson...

Tsé le borgne faisait des tours de cartes et épatait les enfants. Il tirait d'un coup les quatrerois ou les quatre reines, ce qu'on demandait. Janis, une jeune fille qui avait des couettes, un habit vert et des paillettes, frappait un bidon vide avec une banane et scandait le rythme des chansons, parfois elle s'arrêtait, et si des enfants la regardaient, elle pressait son nez et sortait sa langue, puis après avoir fait tourner ses yeux plusieurs fois, elle tirait ses oreilles et rentrait la langue. Les enfants riaient et l'imitaient. Un petit aux cheveux noirs, habillé d'une salopette, fit quelques sauts périlleux pour épater ses copains de voyage. Martha, celle qui avait un nez violet, des joues violettes, une bouche violette et se couvrait le visage de crème blanche, prit sa guitare et entonna une vieille complainte réaliste. Les enfants vinrent lui tirer sa robe noire, mais elle était habituée et souriait en fermant les yeux. Puis Jo-cigare arriva avec ses bretelles, son grand pantalon et ses gants blancs. Il craqua une allumette et mit le feu à ses doigts, l'un après l'autre, et quand le silence fut tout autour, il montra sa main entière enflammée, alluma un cigare, fit des ronds avec la fumée puis, devant les bouches ébahies, d'un souffle formidable éteignit l'incendie de main. Tout le monde applaudit. Jo-cigare fit une pirouette et prit un des enfants sur ses épaules, le mit debout. Quand il fut bien stable, Jo fit un signe et envoya en tourniquet son cigare qui arriva aussitôt dans la bouche du petit garçon. Tout le monde applaudit, mais l'enfant fit un signe en riant et tira une grosse bouffée de fumée. Il toussa et on applaudit encore plus fort. Puis, après les derniers applaudissements, Jo frappa deux coups de pied sur le plancher et l'enfant donna à nouveau un élan au cigare que Jo rattrapa aussitôt avec sa bouche par le bout incandescent. Les spectateurs firent OOOOOH ! Jo avala la fumée qu'il fit ressortir par ses narines, puis après avoir fait descendre le petit garçon, il sortit son cigare et leva la main en l'air pendant que chacun applaudissait très fort.

Ce n'était jamais terminé. Ils avaient tous quelque chose à montrer, des grimaces, des acrobaties, des chansons, des musiques, des pirouettes. Ils savaient utiliser son corps, leurs mains, leurs visages. Martha la vieille, après avoir chanté, avait toujours besoin d'un peu de vin qu'elle buvait directement au goulot. Son nez et ses joues se violaçaient un peu plus, et elle entonnait encore une nouvelle chanson. Peut-être même qu'elle composait pendant qu'elle buvait. Phoque aussi jouait des castagnettes avec deux pipes et dansait le flamenco en chantant tous les demi-tons. Il fallait cependant reconnaître que parmi toutes ces jolies prestations, celle de Jo-Cigare avait un peu impressionné Janis-aux-couettes. Elle était restée sans grimace pendant au moins cinq minutes, tant le coup du cigare l'avait épatée. En plus, Jo était beau et ses bretelles arc-en-ciel lui donnaient un air de magicien. Elle imagina leur vie s'il voulait bien la regarder. Après l'arrêt du train, ils trouveraient bien quelque part une vieille voiture d'enfant sur laquelle ils peindraient.

PALAIS DES MERVEILLES

et ils iraient dans des villes et des villages, sur des petites places, sous des arcades pour amuser les enfants. Elle accrocherait des lance-flammes sous les pieds de Jo-cigare et il exécuterait des sauts périlleux, ferait la roue avec des milliers d'étoiles qui crépiteraient tout autour de lui. Elle danserait, chanterait, grimacerait, ferait un grand écart et vanterait l'habileté et la beauté de son ami. Pour rassembler la foule autour d'eux, elle frapperait une caisse ou une cymbale et annoncerait le grand Jo-cigare, le roi des pistes d'Orient et d'Occident, Jo-cigare, celui qui fit rire l'homme le plus triste du monde. Tous les enfants trépigneraient, ils applaudiraient en criant, alors Jo arriverait de derrière un pilier ou une porte cochère et lancerait des flammes avec sa bouche, une grande torche qui ferait reculer les badauds, il sortirait le premier cigare de la représentation et l'allumerait avec le feu sorti de sa gorge.

Janis était assise dans un coin du wagon et aurait bien aimé regarder le paysage. Mais elle ne pouvait voir que les nuages, en regardant là-haut, au travers des lucarnes. Alors Jo s'approcha d'elle et demanda si elle avait un briquet. Elle rougit et baissa aussitôt les yeux pour fouiller dans son sac en laine. Quand elle lui tendit l'objet, il dit :

« Vous connaissez celle du promoteur de cavernes et de la fille de l'homme de Néanderthal ? (Air préoccupé.)

— Non. (Surprise.)

— Moi non plus. C'est dommage j'aurais bien aimé la connaître. (Apparence ennuyée.)

— Oui, moi aussi ! (Moue avec sourire et complicité.)

— On se l'invente ?

— Okkkaaayyyyy ! »

Et dans le coin du wagon, ils rirent de plus en plus fort en s'inventant celle du promoteur de cavernes et de la fille de l'homme de Néanderthal.

Plus tard, tous les enfants fatigués de pirouettes et de cavalcades vinrent vers le vieil homme rouge qui portait des cheveux longs et un foulard noué autour du cou. Ils lui demandèrent de raconter. Il n'avait rien dit encore, il écoutait, regardait. Alors, quand ils furent tous assis autour de lui, Géronimo raconta une histoire. Celle du premier homme sur la terre.

« Au commencement, le monde était plongé dans les ténèbres. Il n'y avait ni soleil ni jour. Dans la nuit éternelle, il n'y avait ni lune ni étoiles. Il y avait cependant toutes sortes de bêtes et d'oiseaux. Parmi ces bêtes, se trouvaient des monstres hideux, sans nom, aussi bien que des dragons, des lions, des tigres, des loups, des renards, des castors, des lapins, des écureuils, des rats, des souris et toutes sortes de bêtes rampantes comme les lézards et les serpents. Dans ces conditions, l'humanité ne pouvait se développer car les bêtes et les serpents détruisaient la progéniture des hommes.

« Toutes ces créatures possédaient le pouvoir de parler et étaient douées de raison.

« Il y avait deux tribus de créatures : les oiseaux ou la tribu à plumes et les bêtes. La première était organisée et possédait un chef, l'aigle.

« Ces tribus tenaient souvent des conseils et les oiseaux voulaient y admettre la lumière. Mais les bêtes s'y refusaient obstinément. Finalement, les oiseaux firent la guerre aux bêtes.

« Les bêtes étaient armées de bâtons, mais l'aigle avait enseigné à sa tribu l'usage de l'arc et des flèches. Les serpents étaient si rusés qu'on ne put les tuer tous. L'un d'entre eux chercha refuge sur une falaise escarpée d'une montagne de l'Arizona et l'on peut voir encore son œil (changé en une pierre brillante) briller dans les rochers. Les ours, quand on les tuait, se multipliaient en d'autres ours, si bien que plus la tribu à plumes tuait d'ours, plus il y en avait. Ils ne purent pas tuer le dragon non plus car il était recouvert de quatre couches d'écailles cornées que les flèches ne pouvaient pénétrer. L'un des monstres, le plus hideux et le plus ignoble (il n'avait pas de nom) était invulnérable aux flèches; alors l'aigle s'envola très haut dans les airs, emportant une pierre ronde et blanche et la laissa tomber sur la tête de ce monstre, le tuant instantanément. Cette pierre avait joué un rôle si important qu'elle devint sacrée. Ils luttèrent pendant des jours mais, finalement, les oiseaux furent victorieux.

« Quand la guerre fut terminée, bien qu'il restât encore quelques bêtes malfaisantes, les oiseaux furent en mesure de dominer les conseils et la lumière fut admise. Alors, l'humanité put vivre et se développer. L'aigle avait été le chef de ce juste combat : les hommes portèrent donc ses plumes comme emblème de la sagesse, de la justice et du pouvoir.

« Parmi les quelques êtres humains qui étaient encore en vie, se trouvait une femme à qui avait été accordé le bonheur d'avoir de nombreux enfants mais ils avaient tous été dévorés par les bêtes. Si, par quelque moyen, elle arrivait à les soustraire aux autres bêtes, le dragon qui était le plus rusé et le plus malfaisant venait lui-même et mangeait ses petits.

« Plusieurs années après, un fils de l'orage lui naquit et elle creusa pour le cacher un profond souterrain. Elle boucha l'entrée du souterrain et au-dessus fit un feu de camp. Cela masquait ainsi la cachette de l'enfant et le tenait au chaud. Chaque jour, elle éteignait le feu et descendait dans le souterrain où dormait l'enfant pour le nourrir de son lait. Puis, elle s'en retournait et refaisait le feu.

« Fréquemment, le dragon venait la questionner mais elle disait : « Je n'ai plus d'enfants. Tu « les as tous mangés. »

« Lorsque l'enfant fut plus grand, il ne restait pas toujours dans le souterrain car il lui fallait quelquefois courir et jouer. Un jour, le dragon vit la trace de ses pas sur le sol. Cela rendit le vieux dragon furieux et perplexe car il n'arrivait pas à trouver la cachette du jeune garçon. Il disait qu'il mangerait la mère si elle ne révélait pas la cachette de l'enfant. La pauvre mère était très émue : elle ne pouvait pas abandonner son enfant mais elle connaissait le pouvoir et la ruse du dragon et vivait dans une peur constante.

« Peu après, le jeune garçon dit qu'il voulait aller chasser. Sa mère ne voulait pas donner son accord. Elle lui parla du dragon, des loups et des serpents mais il dit : « Demain, j'irai. »

« A la demande du jeune garçon, son oncle (qui était alors le seul homme vivant) lui fit un petit arc et des flèches et ils s'en allèrent tous deux à la chasse, le lendemain. Ils poursuivirent les daims, très haut dans la montagne et finalement, le jeune garçon tua un mâle. Son oncle lui montra comment préparer le daim et cuire la viande. Ils firent cuire deux cuisses, l'une pour le jeune garçon, l'autre pour son oncle. Lorsque la viande fut cuite, ils la placèrent sur des buissons pour qu'elle refroidisse. C'est alors que l'énorme forme du dragon se dessina. L'enfant n'éprouva pas la moindre peur mais son oncle était tellement terrifié qu'il ne pouvait plus parler ni bouger.

« Le dragon prit la part de viande du jeune garçon et s'éloigna. Il plaça la viande sur un autre buisson et s'assit à côté. Puis il dit : « Voilà l'en-
« fant que je cherchais. Garçon, tu es beau et
« gras et quand j'aurai fini de ranger cette venai-
« son, je te mangerai. »

« Le jeune garçon répondit : « Non, tu ne me
« mangeras pas et tu ne mangeras pas cette

« viande non plus. » Il se dirigea vers l'endroit où « le dragon était assis et ramena la viande à sa « place. Le dragon dit : « J'aime ton courage mais « tu n'es qu'un insensé. Que crois-tu pouvoir « faire ? – Eh bien, répondit le jeune garçon, je « peux faire ce qu'il faut pour me protéger, « comme tu pourras en juger. » Alors, le dragon reprit la viande, puis le garçon la reprit à son tour. Quatre fois en tout, le dragon reprit la viande et après que le jeune garçon eut repris pour la quatrième fois la viande, il dit : « Dragon, « accepterais-tu de te battre avec moi ? » Le dragon répondit : « Oui, à la manière qui te plaira. »

« Le jeune garçon dit : « Je vais me placer à « cent pas de toi et tu auras le droit de tirer « quatre flèches sur moi mais si aucune de tes « flèches ne m'a atteint, nous changerons de « place et j'aurai le droit de tirer quatre flèches « sur toi. – Bien, dit le dragon, commençons. »

« Alors, le dragon prit son arc qui était fait d'un grand pin. Il prit quatre flèches dans son carquois : elles étaient faites de jeunes pins et chaque flèche mesurait six mètres de long. Il visa bien mais, au moment où la flèche s'envolait, le jeune garçon émit un bruit particulier et bondit en l'air. Immédiatement, la flèche éclata en mille morceaux et on put voir le jeune garçon se tenant sur un brillant arc-en-ciel, juste au-dessus de l'endroit où le dragon avait visé. Bientôt l'arc-en-ciel disparut et le jeune garçon reprit sa place. Quatre fois, ce prodige se répéta puis le garçon dit : « Dragon, prends ma place. C'est à mon tour de « tirer. » Le dragon dit : « Très bien. Ce ne sont « pas tes misérables flèches qui arriveront à per- « cer ma première couche de corne et n'oublie « pas que j'en ai encore trois autres en dessous « – tire donc. » Le garçon tira une première flèche qui atteignit le dragon en plein cœur et une couche des grosses écailles de corne tomba à terre. A la seconde flèche, une autre couche tomba, puis une autre et le cœur du dragon fut à découvert. Alors, le dragon trembla mais il ne pouvait bouger. Avant de tirer sa quatrième flèche, le jeune garçon dit : « Oncle, tu es mort de « peur. Tu n'as pas bougé. Viens ici ou le dragon « va s'abattre sur toi. » Son oncle courut vers lui. Il décocha alors rapidement la dernière flèche qui perça le cœur du dragon. Avec un énorme rugissement, le corps du dragon dégringola la montagne et après avoir glissé le long de quatre précipices, s'arrêta dans un cañon.

« Immédiatement, des nuages d'orage s'amoncelèrent au-dessus des montagnes, des éclairs brillèrent, le tonnerre gronda et la pluie se mit à tomber. Quand l'orage eut cessé, ils purent voir très loin, dans le cañon, en bas, les débris de l'énorme carcasse du dragon qui gisait parmi les rochers. Et les os du dragon y sont encore.

« Le garçon s'appelait Apache. Usen lui enseigna comment préparer les herbes qui guérissent, la chasse et la lutte. Il fut le premier chef des Indiens et portait des plumes d'aigle comme symbole de la justice, de la sagesse et du pouvoir. A lui et à son peuple qui fut créé par la suite, Usen donna comme territoire les terres de l'Ouest. »

AUJOURD'HUI, vent sec, quelques chutes de neige avec belles éclaircies dans l'après-midi. La météo avait prévu, le temps s'exécuta.

Il y eut alors une tempête de neige qui s'abattit sur toute la région et les soufflets du train se givrèrent. Une fine poussière blanche tourbillonnait et les claquements de rails qui frappaient ici bien plus fort qu'ailleurs, ressemblaient aux coups de marteaux-éventreurs fracturant la peau des villes. Les baromètres enregistreurs gravaient avec leurs pointes les rouleaux quadrillés des cartes de pression, pendant que chaque mendiant s'enfonçait dans la peau les milliers de burins que lui distribuait le froid.

Au milieu de la tourmente, le train ressemblait à un long traîneau tiré par une meute de chiens aboyants. Il glissait sur l'acier et décrivait des courbes douces au milieu des forêts et des poteaux électriques. Les câbles du téléphone suivaient aussi cette écriture, et les messages, les bouts de phrases traversaient le gel en faisant tinter les petites bornes de verre. Les postes transistors étaient restés dans les valises, enfouis sous des combinaisons et des chaussettes, et à ce moment-là, une guerre éclatant, personne du convoi n'aurait su que, quelque part dans le monde, des mots s'étaient transformés en bombes pour apporter une dernière réplique.

Assemblage de bois, boulons, rivets, plastique, acier, aluminium, verre sécurit, moleskine, caoutchouc, bronze, cuir, le train itinérait des histoires en transit, des illuminations avortées, des prophètes-facteurs, des Bouddha en jeans. Ils s'étaient serrés côte à côte, s'effleurant, se regardant sans comprendre, puis replongeaient dans leur solitude. Parfois seulement, deux de ces fantômes du voyage se rencontraient, faisaient éclater leurs petites bulles et s'enfermaient dans une autre plus grosse et plus grande qu'ils gonflaient en poussant des mots, des cris, et en s'étirant comme des géants. Dans leur cage transparente, ils regardaient autour d'eux les choses transformées par les nouvelles courbures de la bulle et, au travers de ces lunettes de malade, des taches multicolores s'étiraient comme les éclaboussures d'essence sur les flaques d'eau de l'autoroute. Pendant quelques heures, le nouveau monde était plus joli, il y avait des arcs-en-ciel sur les fronts des voyageurs, les commissures de la bouche se relevaient et accentuaient les sourires. Puis la grande bulle à nouveau se crevait, et c'était plein de petits éclats de verre sur la peau, les yeux et le cœur.

Roda pensa qu'il serait désagréable pour sa bouche de dire aux oreilles de Marco,

je t'aime marco a,

puis de se laisser aller, un temps, au ronronnement de quelques mots soyeux et électriques. T'aime, ta peau, amour, lèvre, cuisse, ventre, caresse...

Elle les pensa dans un tout petit coin de son cerveau, et ensuite, elle les vit exister en regardant l'homme qu'elle voulait aimer. Elle imagina encore des bouts de phrases, Marcotoro... on fera l'amour, non pas ici, sur des lits géants... la mer et les pédalos... dans la ville, après le voyage... TERMEND, c'est là que nous irons, nous marcherons un jour dans cette ville, je réglerai mon pas au tien, il y aura de la poussière de trottoir et nous regarderons les néons des magasins, je me mettrai à courir, tu me poursuivras. Je disparaîtrai dans des venelles et monterai des escaliers en bois jusqu'en haut vers notre chambre-lit. Parfois, je marcherai derrière toi dans un square, tu te retourneras pour me dire je t'aime, et ce sera une autre femme qui sera là, moi je serai agenouillée près d'un cygne qui mangera une biscotte. Au cinéma, tu poseras ta main sur mes cuisses et je fermerai les yeux, il n'y aura plus d'images et de couleurs. Un soir nous dénombrerons les étoiles et nous irons sous les arbres au bord du canal, la lune sortira de derrière une péniche, je tiendrai ta main et nous fumerons en ne pensant à rien.

Nous crierons quand nous jouirons et il n'y aura plus de corps, de muscles striés et lisses, d'ongles, de corne, seulement des gaz rares, des anneaux et des spirales, de grandes volutes vertes et roses qui s'infiltrent sous les portes, dans les plinthes, les interstices des fenêtres, les rideaux des alcôves.

Dans le gaz, j'oublierai la douleur et regarderai tes yeux devenir nuages.

Je t'aime marco a.

Des volcans déverseront des larmes brûlantes, le dernier président sera assassiné par l'enfant-rêve. Sur les montagnes gelées de l'Anapurna, il y aura des traces d'homme-homme. Je sucerai ton sexe et me frotterai entre tes jambes, je couvrirai ta peau de ma peau, serai enveloppe et toi couteau qui crève. Les décibels déchireront les tympans et un jour de mars il n'y aura plus de soleil, les étoiles perdues rejoindront une galaxie moisie et notre amour se perdra dans un billard japonais, tout au bout des marées.

Je te raconterai mes ordures, te dévoilerai les immondices secrets de ma vie. Je suis certaine que tu auras alors des idées de mort et je t'inventerai à l'aurore des immortelles espérances, ma vie et mes déchirures. Marco A, je te raconterai les cathédrales et t'avouerai mes sept crimes : je tuai ma mère pour exister, je tuai mon père à coup de désespérance, je tuai mon amour-cafard, je tuai mon tableau noir à coups de craie, je tuai ma virginité avec des barres à mine, je tuai mon cerveau sur une enclume de publicité, je tuai ma vie avec l'hiver.

Marco A, je veux t'enfermer dans mes seins, derrière la couleur de mes iris, sous mes ongles qui déchirent. Je veux que tu sois fœtus et te loger dans mon ventre près de mon intestin qui t'étourdira de mes bruits souterrains et te rendra fou. Je te veux mort/fou, descendu en moi m'injecter l'éther délirant, deviens virus, staphylocoque, microbe doré, bactérie, infeste mon sang, déchiquette mes réseaux-kilomètres de nerfs, noue, triture, manipule, connecte à ton goût, invente, choisis, apprends-moi l'explosion des mots-dynamites, plonge ta main dans ma gorge,

enfonces-y le silence

mure mes cordes vocales avec le béton des villes, et n'écoute que pour toi le cri de terreur de mes millions de cellules, tu sauras tous les mots enfermés, protégés par mes rétines aveugles, tout ce stock emprisonné dans un blockhaus civilisé. Trouve la fissure, la lézarde, la fracture, la fêlure par où s'échappera MA CRÉATION. Assassine les hommes qui la gardent, tue-les avec tes poings et ta tête-rocher, brûle leurs références et leurs calepins, leurs dossiers, leurs éphémérides, ensuite, laisse le crépitement sauvage des mots-poisons, des mots-amours fracasser les atomes d'oxygène et se déverser sur les avenues des villes où viendront se promener des millions de jeunes fous.

Marco A, nous marcherons sur la terre ensemble.

Marco ne saurait jamais ce que Roda venait de lui crier. Il était là, tout près dans le couloir de l'express et regardait les fils électriques qui tanguaient de l'autre côté de la vitre.

DANS le wagon 3, le contrôleur avait posé la casquette à trois étoiles jaunes à côté de la casquette à cinq étoiles jaunes du chef de train. Subrepticement, comme chaque matin, il se coiffa de la casquette du chef et il fronça les sourcils avec cette gravité de chef qu'il avait tant observée. Le jour où le service central se déciderait à lui donner deux étoiles supplémentaires, il n'aurait aucun effort de physionomie à calculer pour faire état de ses nouvelles responsabilités. Il s'exerçait à être chef depuis une dizaine d'années et le jour où tout arriverait, il aurait la maîtrise pour étaler toute la gravité de sa fonction.

Au milieu des dossiers, des tampons, des encreurs et des sous-main, il dénicha un paquet de cigarettes au tabac de Virginie et chiqua vite fait deux cigarettes qu'il recracha peu après par la vitre entrouverte. Melchior, en attendant l'arrivée du chef, se mit à compulser toutes les notes prises au cours de la nuit et de la matinée. Ils étaient donc 1050 dans les arrivées, 1520 dans les départs. C'était une mauvaise journée et le chef allait crier, devenir rouge et son érythème irait de la racine des cheveux aux épaules. Depuis plusieurs mois, la colonne départs présentait une accélération inquiétante. Que faire ? Qu'avaient-ils à partir, à s'éloigner comme des électrons imbéciles, au lieu de se dandiner grassement vers des pôles rubiconds et dégoulinants de confort. Melchior sortit d'une de ses nombreuses poches un mouchoir effrangé, et il se moucha. Il contempla la morve et, satisfait de son effort, replia soigneusement son récipient qu'il glissa dans sa poche-revolver.

Le chef arriva en claquant des doigts comme il avait vu faire il y a quelques siècles dans le film *West Side Story*. Il posa son bonnet de nuit à cinq étoiles dorées et reprit sa casquette de service à cinq étoiles dorées.

« Alors Melchior ? »

Et il rit. « Alors Melchior » était un des summums de l'humour ferroviaire, et le chef, chaque matin, ne se privait pas de cette musique aux sonorités nordiques. Ce matin, il se surpassa.

« Alors Melchior, quoi encore ? »

Et il rit de plus en plus fort, souleva sa casquette aux cinq étoiles dorées pour éponger son crâne d'une sueur qui n'avait pas eu encore le temps de perler, tant il faisait froid aujourd'hui.

Melchior aimait voir son chef rire. A ses dépens, ou aux dépens d'un rival, cela était peu important. Quand un chef rit, la confidence n'est pas loin, puis la connivence et enfin la reconnaissance.

Melchior, tout en voyant ses deux étoiles promotionnelles faire un looping, puis un renversé, avoua sa dure vérité. Il déclara les identités, les motivations, les manies, secoua son carnet, s'emporta, injuria certains voyageurs, menaça, fit le bruit de la mitraillette qui ratonnait à Alger, proposa des exécutions, puis enfin se calma et suggéra la solution finale, celle prévue par la constitution pour tous ceux qui menaçaient par leurs agissements l'intégrité et la survie morale de la communauté. Mort, mort, mort, cria-t-il en se levant et en claquant ses talons. Le chef de train demanda :

« Pourquoi ? Savez-vous pourquoi ils fuient ? »

Melchior souleva sa casquette aux trois étoiles dorées, regarda la lampe sous le globe au plafond, pensa à son père maréchal des logis, se gratta la nuque, fit faire deux rotations à ses globes oculaires, avança sa lèvre inférieure pour imiter le point d'interrogation, se vit l'espace d'une seconde avec une casquette à cinq étoiles dorées, avança quelques larmes, trembla au niveau des hanches et à la pointe supérieure des fesses, fit une moue de baiser en direction de son chef, puis se décida à avancer la phrase qui lui démantibulait la vie, lui cauchemardait ses nuits, lui noircissait ses étoiles d'avenir :

« Chef, je pense qu'ils fuient leur virilité !

– Zob », répondit le chef de train qui avait de l'humour cinq étoiles.

QUATRIÈME PARTIE

AMOUR, MORT

J'avais compris depuis quelque temps qu'il était toujours facile de trouver un bouc émissaire pour justifier une inaction ou une lâcheté. Il était commode de voir autour de soi un objet, une personne représentant l'obstacle. Et provisoirement tout devenait facile, si je ne suis pas comme ceci, c'est à cause de lui, si je n'ai pas pu réaliser cela, c'est à cause de... Alors que les véritables obstacles étaient dans nos cerveaux, amour-propre, orgueil, paresse, égoïsme, et que c'étaient ceux qu'il fallait démasquer si on voulait avoir des petites chances d'exister.

Dans la cabine de wagon-lit, Natche, la jeune femme de seize ans, murmura à l'oreille de son père :

« Je t'aime.

– Moi aussi.

– Mais moi je t'aime avec mon corps, mes seins et toutes les fibres douces de mes cuisses. Je t'aime avec ma langue, mes reins, je t'aime avec de la violence et des langueurs de chatte, je pourrais crier pour toi des cris d'enfants abandonnés les nuits de mars, cris de chattes qui réclament un sexe, je t'aime cachée derrière mes cahiers d'écolière, avec mes seize années de fille, mes premières caresses d'avant le lycée et tes baisers sur mes joues quand je tétais mon biberon, je t'aime toi mon père avec ma désespérance d'aujourd'hui, mon besoin de justice et toutes les rebuffades subies jour après jour entre le lycée et la maison, regarde, les pointes de mes seins se gonflent à la seule idée que tes mains vont les toucher et les pincer, les mêmes doigts qui ont fouillé le sexe intérieur où je me suis mise à vivre, je t'aime toi et tes cheveux vieillis, ton sexe que je ne connais pas, je veux te voir bander devant mon corps nu et que tu violes les siècles qui t'ont empêché de me faire l'amour, apprends-moi à jouir l'amour paternel, aime-moi comme ta fille-femme, je veux que tu cries ton amour complice, que ta jouissance vienne éclater au fond de mon corps adolescent, serre-moi dans tes bras, comme lorsque je pleurais une nuit de cauchemar, c'est encore un cauchemar aujourd'hui si tu ne me couvres pas de ton corps et que tu continues à effleurer ma vie de baisers furtifs, je ne suis plus vierge et mes premiers amants te ressemblaient en moins beaux, moins forts et moins aimants, je les ai pris pour qu'ils te remplacent sans te traumatiser, n'imagine plus, oublie tout et regarde-moi comme si tu ne me connaissais pas, je suis une fille de train qui t'offre son corps, tu ne m'as jamais vue, et je sais que tu cherches la nouveauté, que ma mère t'a enchaîné à ses hanches-cellulites et que tu rêves la nuit dans le lit à deux places, de peau toute neuve, de cuisses dures et douces, de fesses lisses, de seins fermes, de hanches creusées, d'épaules fragiles, de lèvres rouges, de joues sans fard, d'yeux qui te ressemblent, je suis tout cela, je suis ton désir, je suis ton rêve, je suis ton fantasme, je te permettrai tous les jeux adultes, je ne connais de toi que des bouts de corps, la tête et tes mains, tu caches sous des pulls-convenances et des tissus chrétiens ton corps que je veux aimer, tu pourras, tu ordonneras, tu soumettras, tu es ma première cellule, je veux que tu jouisses de toutes les autres qui se sont multipliées à partir de celle-là, mon père je t'aime, je vibre, je soulève, je vas-et-viens, rêve-moi, connais-moi, absorbe-moi, entoure-moi, love-moi, mon sexe adulte pleure de t'être inconnu, il est là sous le jean de mes seize ans, il se dresse et te provoque, t'implore, mon père, descends cette fermeture Eclair, barrière du code pénal, zippe les juges inquisiteurs, tue les derniers dinosaures de la paternance, je t'aime mon père, aime-moi avec ta violence et déchire à jamais le cocon de douceur où tu m'as enfermée depuis ma naissance... »

La locomotive électrique lança des cris au jour nouveau pendant qu'un homme connaissait la beauté qu'il avait créée.

Peu après, alors que l'express transperçait un tunnel, un loquet se souleva, une ombre d'homme sortit du wagon-lit et murmura sans se retourner : « Salope, t'es une salope ! »

Les siècles reprenaient leur place et Melchior, à l'autre bout du train, chiqua une nouvelle cigarette de Virginie.

« QU'AS-TU donné Marco A ? demanda Roda.

– Je n'ai pas su donner. J'ai pillé et arraché ce qu'il y avait de bon autour de moi. Je tendais la main pour prendre, puis je m'en allais. Dans la ville d'avant, il y avait une femme qui était belle selon moi, douce et qui m'aimait. Elle venait le soir, parfois dans la nuit lorsque je l'appelais, puis repartait si je le désirais... Elle n'était jamais gaie quand elle me quittait, mais elle souriait quand même et m'embrassait en me tenant les cheveux. Je ne voulais voir que cette apparence et effaçais tout le reste. Hmm. Souvent, je l'aimais, d'autres fois je ne savais plus. Je me demandais souvent si aimer était cela, regarder un visage, embrasser une bouche, caresser des hanches et venir se blottir parfois tout au fond d'un sexe, s'y trouver bien et cacher ses yeux aux éclairs. Mais j'avais peur surtout. Je ne voulais pas donner, de peur qu'elle me prenne tout, qu'elle enveloppe mon corps et mon cerveau dans ses tentacules et qu'elle me gobe doucement dans ses ouvertures. Je ne voulais pas qu'elle ingurgite mes rêves et toutes mes petites parcelles de peau, qu'elle m'estropie. Alors, je lui volais sa tendresse et son sommeil, des heures de sa vie entre Babylone et New

Est, je volais ses sourires, ses signes de la main, sa fatigue se collait sur mon oreiller et ses baisers suaient encore la poussière des métros, je volais ses écritures, les chiffons-amour qu'elle glissait sous ma porte quand je faisais semblant d'être absent, je volais mes phantasmes dans les T-shirts qu'elle collait sur ses seins pour moi, pour mon sexe-cerveau, je volais son haleine et aspirais ses odeurs de femme, les serrements de ses cuisses autour de mon corps. Je volais sa vie à petites doses, le vieillissement de ses cellules, sa spontanéité, sa façon de dire ouiiiii quand je demandais, tu viendras? Je volais les amants qu'elle m'avouait et détruisais ses souvenirs.

« Les rares fois où elle partait, je lui en voulais, j'allais à la gare ou à l'aéroport et je ne parlais plus, je faisais semblant de regarder les autres femmes, les devantures des boutiques, de m'intéresser aux tableaux électroniques, aux escalators, aux messages diffusés, à la lumière, au mouvement, au café dans la tasse, au papier-emballage des morceaux de sucre. Elle me regardait, scrutait mon visage, attendait le moment où j'allais sourire, l'instant où j'irais un peu vers elle... et l'heure du départ approchait, alors je l'embrassais et lui souhaitais bon voyage comme si on n'allait jamais plus se revoir. J'ai souvent aimé qu'elle soit triste, mais je suis certain de l'avoir aimée, elle était ma tendresse, une petite prairie verte où moi je venais avec mes amis chevaux pour gambader et saluer le soleil, c'était Mic-douceur, Mic-regard, Mic-amour, Mic-présence, Mic-prairie, Mic-écrin, elle me disait parfois salaud, elle avait raison, ouais mille fois raison. Je lui ai tout piqué... tout. »

Roda dit :

« Les hommes, vous êtes comme ça, tout vous

est dû, vous êtes en pays conquis, maître, roi, et tout autour s'agitent les valets et les esclaves. Si vous pleurez, il faut vous consoler, si vous êtes triste, il faut arriver tout de suite, si vous voulez être seul, il faut partir. Vous trouvez cela normal, que l'on obéisse sans jamais faire apparaître notre désir de tout briser, vous croyez qu'on est faites comme ça, de résignation, de soumission et de dépendance. Parfois c'est vrai, il est doux de se sentir prendre et envahir par la personne que l'on aime, c'est comme une drogue qui s'accroche à chaque globule et alors c'est bon de ressentir cet envahissement, mais après, nous aussi nous voudrions montrer notre création, notre solitude, notre peur. Aussitôt alors, vous vous rétractez, vous n'êtes plus là, vous avez vos propres problèmes à résoudre, ce n'est pas pour résoudre ceux des autres. Alors, il n'y a plus de solution. Sinon cet attachement ridicule de chiot derrière un maître indifférent qui fait semblant de regarder vers l'horizon pendant que l'on bute sur le granit des trottoirs.

« Moi je ne veux plus courir derrière. Je cours toute seule et ne dépends plus de personne. Il y a longtemps que j'ai abandonné les maîtres, les colliers et les caresses-récompenses. Je me recrée à chacun de mes départs. »

Quand elle parlait, Roda avait la respiration qui s'amplifiait et tout son corps se dressait comme avant un assaut. Elle joua quelques instants avec le couvercle du cendrier aluminium et le fit claquer plusieurs fois de suite. Elle continua.

« Aujourd'hui, je ne réclame que des instants, je ne veux plus que ma vie soit synonyme de prospective, je veux tout de suite l'intensité ou la non-intensité, mais je ne rêve plus à de longues soirées coin-du-feu-T.V. passées avec l'homme que j'aimerais. Chaque fois qu'il y a durée, il y a possession, dépossession, puis reconquête. Le jeu sans fin du fort et du faible. Les vraies rencontres d'amour sont fugitives. Je sais déjà que tu ne m'apporteras plus rien, que tu es totalement mobilisé par ta propre métamorphose. Il y a eu un moment très intense où nous nous sommes aimés, parlés, confiés, où chacun de nous n'était plus dans ce train, mais dans un œuf et nous y étions bien. Ce sont des vies en raccourci qui se juxtaposent. Notre amour éternel a duré quelques heures, c'est chouette non ? »

Et Roda sortit une cigarette mentholée. Au loin des chansons... *et si tu vas à Bilbao*
rapporte-moi un chapeau...

Marco pensa à Mic restée à l'autre bout des rails et se dit qu'il serait malheureux s'il recevait à l'instant même un télégramme lui annonçant,

Mic décédée... Revenir urgence...

Il n'avait pas réussi à couper tous ses liens avec la vie d'avant. Mic était dans des recoins de sa peau, sur quelques cellules de rétine, et il n'avait pas encore pu éliminer ces images-parasites de son voyage.

Roda ne dit plus un mot, puis rentra dans un compartiment. Marco se retrouva seul dans le couloir, face au mouvement du monde qui défilait devant lui. Puis il imagina qu'il ne bougeait pas, qu'il était resté au même endroit depuis l'heure de ce qu'il avait cru être un départ, que c'était la planète qui s'était mise à fuir tout autour, qu'il n'était que spectateur du mouvement des gares, des arbres, des horloges, des villes, des hommes de guerre, que finalement il s'était choisi un poste d'observation pour regarder la balade du monde à 200 km/h.

DANS le soir, on entendit les aciers crisser, s'écorcher, le train ralentit, puis après avoir réussi à freiner ses centaines de tonnes déchaînées, il s'arrêta. Silence. Portières ouvertes, vitres baissées, interrogations. Des têtes se penchent aux fenêtres, mèches de cheveux qui divaguent. Il y a à nouveau des traînées de neige sur les branches et les prés. Des hommes marchent dehors, ils ont relevé les cols de leurs manteaux. Des pierres de ballast roulent les unes sur les autres et dégringolent. Quelqu'un court, on entend son souffle quand il dépasse le wagon et on ne sait pas. Un feu rouge, un arbre au travers, un déraillement, chacun émet sa petite supposition, histoire de faire passer le temps. La nuit n'est pas encore tout à fait venue, mais les couleurs sont déjà bleues, grises et vertes. Des râleurs râlent, des distraits continuent de lire, des amoureux se regardent. Sous la violence du freinage des manteaux sont tombés des filets, des caisses d'eau minérale ont basculé dans le wagon-débit-de-boisson. Des tampons ont chuté chez le chef de train et sa casquette à cinq étoiles d'or s'est retrouvée dans la poussière avant qu'il ne comprenne ce qui se passait. Très vite il consulta ses lumières, ses tableaux, ses clignotants et il sut alors que quelqu'un avait tiré le frein d'alarme. Dans sa tête, le règlement du code de voyage fit un petit vol plané : « Il est interdit d'utiliser le signal d'alarme sans motif convenable. Tout abus sera puni. » Avant de penser à quoi que ce soit, il sortit de son bureau son carnet à procès-verbaux, vérifia la place de ses bics dans sa poche intérieure, plaça comme il aimait sa casquette cinq étoiles sur la tête, puis sortit dans le couloir. En passant à toute vitesse près du contrôleur, il dit... alarme... procès... et bientôt le bruit se répandit dans les soufflets, les compartiments que quelqu'un... chut... tirer le signal... ouais... procès... danger... abus... le salaud... sabotage... farceur... un jeune... On ne savait pas. On ne pouvait pas savoir. Un homme pâle était descendu le premier du train et était parti vers la queue du convoi. Puis des dizaines de voyageurs se retrouvèrent sur la voie. On apprit également qu'un employé était parti poser les pétards d'alarme.

Marco descendit, Roda, Janis, Jo-cigare, Géronimo, Phoque, Lou, le vieux, Melchior, les paumés, des autres, des milliers d'autres. Puis en queue, on remarqua un attroupement, les hommes s'agglutinaient autour de l'incident, du malheur, du trouble-vie. Marco courut, curieux, anxieux. Et avant d'arriver près du groupe qui était maintenant loin derrière le train, il aperçut sur le sable de la piste, des petites boules bleues et blanches et qui ressemblaient à des yeux. Certaines étant cassées, il reconnut les boules-porte-bonheur que portait Natche la petite lycéenne. Et il sut. Que c'était elle, là, qu'on regardait, un peu de son corps démantibulé, du sang qui coulait en petites rigoles entre les pierres du ballast. Il ne voulut pas la voir. Il s'était penché pour ramasser une des petites boules bleues, puis la garda dans sa main. Natche s'était tuée. Il le savait. Pourquoi.

Il s'éloigna du groupe. Marcha le long du train, immobile dinosaure plaqué en pleine vitesse par une petite fille qui aimait faire l'amour. Un homme pleurait assis sur un marchepied. Il parlait en hoquetant au chef de train qui tenait son carnet à la main... suis son père... m'a regardé... ses yeux... comme une étrangère... portière... Natche... oui... son père... Natche je t'aime... petite. Marco serra la petite boule bleue et il entendit encore dans sa tête Natche qui disait AMOUR avec tout son corps.

Au loin, il perçut un chant, funèbre peut-être, exhortations psalmodiées. Il vit la foule qui dansait et exhibait sa face rabougrie au ciel. Visages terreux, crispés, aux rictus mauvais et joyeux. Ils célébraient la mort du dragon, la peste adolescente étripée par l'acier vibrant, la rage terrassée par la raison. Les fumiers hurlaient, entraient en transes, un évêque traçait des signes dans le ciel et des centaines de mauvais l'imitaient, levaient la tête, baissaient la tête... Eux, ils savaient déjà qu'elle avait aimé l'interdit et ils célébraient la mort de Natche, leur victoire. Le groupe bariolé des clowns remonta dans l'express et disparut dans le wagon sans fenêtre.

Bientôt la foule entra dans une transe violente et l'un après l'autre clama en exorcisme ses vieux passages de catéchisme et ses rancœurs d'épicier.

... salope...

... moi j'aurais...

... mon temps...

... crevure...

... ils veulent tout...

... ils
... pas toléré...
... rien qu'à voir leur mine on voit bien...
... eux...
... ils...
... fermeté...
... laissez-les-vivre...
... crève roulure...
... discipline...
... p'tits cons...
... jusqu'où ça ira...
... y a qu'à...

Ils trépignaient maintenant avec des agacements de vieillards parkinsoniens, pauvres fétus endimanchés, sapés pour l'esbroufe à vue de rosette, à vue de galon, moi je et pas toi, victoire d'un soir de la vieille saloperie de meute de garde. Une météorite était éclatée sous leurs yeux et ils crachaient leurs vieux chicots sur des lambeaux de rêve.

Il fallait partir cette fois, quitter cette orgie délabrée, se sauver de la peur féroce, du ricanement, de la bêtise, fuir les mains goutteuses, les joues couperosées, les cœurs couperougés, les sexes fripés, les ventres goitrés, toute cette violence séculaire, violence légalisée, autorisée, banale, journalière.

« Brigadier, c'est quoi un manifestant ?

– Un punching-ball qui crie. »

Marco courut vers les champs, vers la nuit, vers ailleurs. Il courut, sauta des barbelés, traversa des rivières, des haies, enjamba les talus. Il se retourna et vit dans la nuit une immense lueur, le train brûlait, le wagon de queue, celui des saltimbanques-exilés était déjà un immense brasier.

Sans doute le feu était parti de là pour dévorer ensuite le vieux convoi.

Partir, courir, marcher, n'importe-là, n'importe-ci, plus loin, ne plus entendre ces cris, la vieille hystérie. Des heures, des jours il courut, traversa des villes, des villages, des forêts, des aqueducs, des passerelles, des ponts-levis, des viaducs, des hameaux, des barrières, des passages à niveau, des torrents, des fleuves, des jetées, des écluses, Marco découvrait le vrai mouvement, l'éphémère, marcher, marcher marcher, il restait ce vrai bonheur d'imprimer la terre, les landes, les bitumes des lettres de ses pas, de poids-solitude, lettres confuses, piétinements, cercles, traits, pointes, talons, imprimer inlassablement, marteler le sol de ses errances, pour qu'enfin toutes les histoires du monde se lisent au ras du sol, dans la boue et les marais, sans toutes ces facilités du blanc et du noir broché ou relié.

CINQUIÈME PARTIE

MARCHER, MANHATTAN S'ENVOLE, LETTRE A MIC

Ne plus rien écrire. Seulement envoyer des messages, des appels d'yeux, signes de corps. Se déplacer.

Sur l'autoroute 80, juste après George Washington Bridge, une vieille Studebaker rouge s'arrêta. Une chemisette écossaise et des lunettes fumées, c'était Dave, un paysan du Montana arrivé à New York l'an dernier.

« Je vais vers Cleveland, mais je n'en suis pas sûr. Et toi ?

– Je ne sais pas encore, mais je monte. »

Traversée du New Jersey, le Garden State.

« Sur la route, ça ne se voit pas que t'es français.

– Ça s'entend seulement dans la voiture !

– Formidable, alors t'écris des romans ?

– Pas toujours, tu vois, je voyage. »

Je cherchai dans ma musette kaki un paquet de tabac coincé entre des chaussettes et un pull. Dave me fit signe qu'il avait du papier.

« Acapulco gold, le meilleur ! Et de l'herbe dans une blague en plastique. »

Je restai avec lui jusqu'à Chicago qui ne correspondait en rien à mes rêves. Imaginez une avenue coincée entre la mer bleue (le lac Michigan), des palmiers et quelques gratte-ciel. Une sorte de Croisette sans gangsters ni abattoirs. Shit man !

marcher marcher marcher marcher marcher
marcher marcher marcher marcher marcher
marcher marcher marcher marcher marcher
marcher marcher marcher marcher marcher
marcher marcher marcher marcher marcher
marcher marcher marcher marcher marcher
marcher marcher marcher marcher marcher
marcher marcher marcher marcher marcher
marcher marcher marcher marcher marcher
marcher marcher marcher marcher marcher
marcher marcher marcher marcher marcher
marcher marcher marcher marcher marcher
marcher marcher marcher marcher marcher
marcher marcher marcher marcher marcher
marcher marcher marcher marcher marcher
marcher marcher marcher marcher marcher
marcher marcher marcher marcher marcher
marcher marcher marcher marcher marcher
marcher marcher marcher marcher marcher
marcher marcher marcher marcher marcher
marcher marcher marcher marcher marcher
marcher marcher marcher marcher marcher
marcher marcher marcher marcher marcher
marcher marcher marcher marcher marcher
marcher marcher marcher marcher marcher
marcher marcher marcher marcher marcher
marcher marcher marcher marcher marcher
marcher marcher marcher marcher marcher
marcher marcher marcher marcher marcher
marcher marcher marcher marcher marcher
marcher marcher marcher marcher marcher
marcher marcher marcher marcher marcher
marcher marcher marcher marcher marcher
marcher marcher marcher marcher marcher
marcher marcher marcher marcher marcher
marcher marcher marcher marcher marcher
marcher marcher marcher marcher marcher

INLASSABLEMENT il allait falloir circuler, rôder, traîner, avancer, courir, déambuler, excursionner, trimarder, aller ailleurs, à côté, juste après, derrière, sur l'autre rive, tout en haut, traverser, enjamber, rouler, bourlinguer, itinérer, ramper, auto-stopper, décoller, misérer.

Il faudrait désinventer le béton, le rigide, l'armature, les fondations et concentrer toutes ses énergies vers le provisoire. Le mouvant. Déshabiter les maisons et vivre dans les ballons, des villes-bateaux qui grandiraient, embelliraient et partiraient un jour d'en avoir marre d'être là.

Et puis lire dans un journal collé sur un panneau de square, dans la dernière ville traversée :

« Le jeudi 21 septembre 2023, les automobilistes qui se dirigeaient au petit matin vers le centre de New York par Brooklyn Bridge, G. Washington Bridge, Manhattan Bridge, Williamburgs Bridge, Queenboro Bridge durent stopper et rebrousser chemin. De loin, ils virent les parapets et les filins d'acier qui plongeaient dans l'Hudson, Harlem River et dans l'océan. L'île de Manhattan avait disparu, laissant autour d'elle tous ses ponts

arrachés. A la place, il y avait des eaux en remous, des vagues, de l'écume et du silence.

Oui, lire cela sur un panneau de square, puis chercher où pouvait bien se trouver la sortie de cette ville, boire un milk shake fraise, et s'enfoncer dans le paysage d'horizon, jusqu'à ce qu'il n'y ait plus d'yeux pour voir ce point d'homme disparaître derrière la dernière courbe de banlieue.

Marcher.

Un jour, Marco s'arrêterait. Pendant quelques instants, il oublierait tout le bruit du monde, ses yeux se retourneraient vers le point aveugle du nerf optique, et il enverrait une longue lettre que les ondes de son cerveau transmettraient instantanément à Mic restée dans une ville, à des millions de bras de distance...

et je voulais te dire la douceur d'une rencontre, les hommes-œufs sont branchés sur les mondes du vent et du mouvement, poèmes-machines qui bringuebalent entre des eaux incertaines leurs savantes astuces du genre toutes des salopes tu les niques comme tu veux le pognon et la bagnole la culotte est déjà sur les godasses, sur les poussières de marche loin des envies et vedettariats merdeux celui qui écrit ne signe jamais de son nom des pages imprimées, chacun envoie ses petits messages, l'auteur est million, romans composés des noms de quatre milliards d'individus qui vivent les histoires, voir, il y a des ombres et des ondes qui envahissent les atmosphères, les hommes se cachent derrière des enveloppes-esbroufe qui déambulent sur les chemins-poussière, ils ne se rencontrent plus mais s'épousent et s'interfèrent, la machine est restée au golgotha sous les averses des siècles, elle imprime des lettres de hasard commandées par les grêlons du ciel, je t'aime, sais-tu que ça signifie ton assassinat, je t'aime de noir et de violence, quand on faisait l'amour sur le tapis jaune ton corps se dressait et j'étais presque mécanique imprimant tes formes à grands coups de violence, l'amour emboutit, Mic tu étais dans la boîte tendresse et moi dans la boîte indifférence, les petits forages réussis par des égratignures ou des blessures parvenaient de courts instants à mélanger deux groupes sanguins différents, tu disais *pourquoi*, je fermais mes cerveaux à double tour, alors tu comprenais *indifférence,* et tu redisais *pourquoi 1* et *pourquoi 2 indifférence,* et je n'expliquais pas et répondais pourquoi ta hargne, et tu répondais hargne parce que ton indifférence, et moi je disais que ce n'était pas l'indifférence mais le choix de ne rien dire, et tu disais si tu n'as rien à me dire c'est que tu ne m'aimes pas, et toute la nuit des mots ping-pong étaient envoyés vers l'autre et se perdaient dans le noir, Mic nous aurions dû chercher dès le premier jour où nous nous sommes rencontrés un code à nous, précis draconien exigeant, qui décrive avec minutie chacun des signes de notre langage mon mutisme pseudo-indifférence ton amour pseudo-hargne, passer des jours et des nuits à nous décrire à répertorier nos mots nos mimiques nos attitudes nos fuites nos tendresses nos enlacements nos cris nos silences nos hésitations définir des mots aussi banals que je t'aime leur donner des importances circonstancielles je t'aime aujourd'hui mardi 23 h 35 parce que je te trouve indispensable à cette seconde même à ma vie-itinéraire, demain je ne t'aimerai plus de la même façon et tu seras triste et plus tu seras triste et moins je t'aimerai parce que la tristesse est un boulet, alors Mic seulement ensuite nous aurions pu nous taire des années et être heureux du silence de nos corps, marcher ensemble danser et courir sur des chemins arides de roches ou de mousses, les mots n'ont que des significations fugitives, on s'isole dans nos coquilles d'acier parce qu'on croit à la permanence des mots, Mic je voudrais et puis non je n'ai plus rien à vouloir de toi, ici le temps s'étire et mon voyage débute vers d'autres manières d'écouter et de regarder je voudrais ne plus entendre les sons anciens mais parvenir derrière le son et dire en même temps que lui parce que, tu comprends, il n'y a plus le chat la souris le saltimbanque les chevaux les voyageurs, il n'y a que des transparences reliées au mouvement des espaces, à la vitesse céleste, au vent, à la mer, aux grondements des volcans, aux nuages, des hommes-noyaux sans nom qui vibrent le monde, je t'aime rodamic, tant de fois j'ai voulu te dire cet assemblage de lettres j e t a i m e m t a i e j e et puis il ne fallait pas se découvrir, parfois j'ai voulu partir avec toi oui vraiment et qu'on connaisse toutes les saloperies ensemble, le froid à péter les veines les petits déjeuners aux bords des canaux le nez dans la tasse les pieds sous les radiateurs, et puis tous les trains les autoroutes les chemins creux, le monde tourne si vite maintenant que je n'ai pas eu le temps de te dire que j'étais bien avec toi, que j'aimais ta peau et tes cuisses, j'étais déjà un autre parce qu'entre mon sentiment d'être bien avec toi et les mots pour te le dire il y avait eu des coups de téléphone des informations des émissions TV avec d'autres femmes belles qui m'emportaient déjà ailleurs, on est battu par la vitesse jamais plus on ne s'aimera lentement avec le corps qui s'imprègne à petites bouffées des parfums d'un autre corps on est condamnés à des rencontres furtives dans des aéroports halls de gares trains cinémas cafés chambres ascenseurs salles des pas perdus couloirs escaliers bus métros lieux de passage le long des murs indifférents et noir des villes, amours-vitesse amours-électrons, nous baiserons sur des marchepieds de locomotives dans le bruit et la mécanique nous n'aurons plus d'oreillers seulement des portières et des lavabos sales de voyage des culasses huileuses des carters des selles en cuir porte-bagages accoudoirs, il faudra se caresser dans le froid le givre des hivers futurs, nos amours-kilomètres dessineront de grandes traînées bleues le long des océans nous descendrons habiter des villes souterraines et le soleil s'effacera du journal céleste, nos amours-kleenex se déverseront dans les égouts au milieu des bières éventrées et des briquets stick usagés, nous ne dirons plus Ma chambre Mon lit Ma cuiller Mon assiette il y aura des milliers de maisons d'abris de refuges de pied-à-terre, des petits bouts de monde où il fera bon souffler une nuit, aimer une journée, manger un peu avant de repartir affronter la chaleur et la poussière, il n'y aura plus de carnets d'adresses d'annuaires de répertoires avec les noms classés par ordre alphabétique, les téléphones fonctionneront pour des inconnus, nous parlerons à des êtres humains sans noms, sans les étiquettes sur le visage qui indiquent profession âge prénom signes particuliers taille empreintes compte chèque déclaration d'impôts, des êtres humains avec seulement deux yeux un nez une bouche une voix un regard une peau une odeur, des vrais êtres vivants qui sentent et qui crient et qui marcheront devant derrière à côté en faisant un bruit énorme avec leurs baskets qui ébranleront l'écorce de terre, Mic vous serez des millions qui aurez une certaine ressemblance, pars toi aussi, quitte tes avenues tes cafés tes croque-monsieur à midi tes cinémas tes horaires tes numéros, prends un train, le prochain, celui qui fonce le plus vite, pars me rencontrer, je suis des millions, tu me retrouveras à l'entrée d'un caravansérail un soir de tempête, je reconnaîtrai tes cheveux et ton haleine, nous nous aimerons comme autrefois au milieu des dormeurs, coincés entre les kilomètres de sable le vent et les sirènes des express.

Mic avait quitté l'hôtel des Deux-Hémisphères peu après le départ de Marco. Elle était partie avec une valise et un sac de sport, avait pris un tramway et s'était installée près du canal, à la périphérie de la ville, tout près des usines à papier. Elle avait connu un soir, dans un bal d'étudiants, Pol qui était en troisième année de pharmacie. Il habitait chez ses parents où Mic finit par se faire accepter. Comme elle n'avait pas d'autre solution, provisoirement elle pensa qu'il serait bien de cristalliser un peu de tendresse sur cet homme-là. A l'instant où Marco, à des années de kilomètres, envoyait sa dernière lettre spontanée, Mic et Pol arrêtaient la date d'un mariage qui était tout le contraire des solutions trouvées par Marco. Mais peut-être que ces solutions n'étaient-elles que provisoires et qu'à une seconde très fragile du futur, Mic et Marco se rencontreraient à nouveau dans une autre ville, transformés, plus aptes à coïncider et à créer avec leur générosité une histoire d'amour tout à fait acceptable à défaut d'exceptionnelle.

TABLE

Le récit de Géronimo est extrait de *Mémoires de Géronimo* aux éditions François Maspero que je remercie.

DU MÊME AUTEUR

LES JOURS EN COULEURS, Grasset, 1971.
L'HOMME ARC-EN-CIEL, Grasset, 1971.
TRANSIT-EXPRESS, Grasset, 1975.
L'AMOUR DANS L'ÂME, Grasset, 1978.

IMPRIMÉ EN FRANCE PAR BRODARD ET TAUPIN
Usine de La Flèche (Sarthe).
LIBRAIRIE GÉNÉRALE FRANÇAISE - 6, rue Pierre-Sarrazin - 75006 Paris.
ISBN : 2 - 253 - 03121 - 6 30/5725/4